여름비

여름비

La pluie d'été

마르그리트 뒤라스 소설 백수린 옮김

미디어창비
Media Changbi

에르베 소르를 위하여

차례

일러두기

• 본문 중의 각주는 옮긴이의 것이다.

책, 아버지는 그것을 교외선 기차에서 주워오곤 했다. 쓰레기통 옆에, 마치 누군가 죽거나 이사해 사람들이 놓고 간 것 같은 책들을 주워올 때도 있었다. 한번은 아버지가 『조르주 퐁피두의 인생』을 주워온 적이 있었다. 아버지는 그 책을 두 번이나 읽었다. 오래된 기술 서적들도 한 더미씩 끈에 묶여 평범한 쓰레기들 옆에 놓여 있었지만 그것들은 그냥 거기에 두었다. 어머니 역시 『조르주 퐁피두의 인생』을 읽었다. 부모님은 그 '인생'에 대단히 매료되었다. 이후, 그들은 '○○의 인생'이란 제목의 책들을 찾기 시작했지만—그것이 유명 인사들의 삶을 다룬 그 시리즈의 이름이었다—그들은 조르주 퐁피두의 인생만큼이나 흥미로운 것은 결코 찾지 못했는데, 그것은 아마도 책에서 다루는 유명 인사들의 이름이 그들에게 낯설었기 때문일 것이다. 부모님이 서점 앞 '중고' 책을 쌓아놓은 진열대에서 훔친 책들이었다. '인생' 시리즈의 가격은 매우 보잘것없었기 때문에, 서점 주인들은 부모님이 훔치는 것을 그냥 내버려두었다.

아버지와 어머니는 어떤 소설들보다 조르주 퐁피두의 생애가 펼쳐지는 이야기를 더 좋아했다. 부모님이 이 인물에 관심을 가진 것은 그가 유명하기 때문만은 아니었다. 오히려 그 반대로, 부모님은 이 책이 그토록 위대한 조르주 퐁피두라는 인물의 인생을, 모든 사람의 삶을 관통하는 평범함의 논리로 이야기하고 있기 때문에 좋아했다. 아버지는 조르주 퐁피두의 인생에서 자신을 발견했으며 어머니는 그의 부인에게서 자기 자신을 찾았다. 그들의 삶은 부모님에게 낯설지 않았고, 심지어는 부모님들의 삶과 무관하지 않기까지 했다.

"아이들만 빼고."라고 어머니는 말하곤 했다.

"정말이야." 아버지가 말하곤 했다. "아이들만 빼고."

부모님이 전기를 읽으며 흥미를 느낀 부분은 삶의 시간을 어떻게 보냈는가 하는 이야기지 일생을 특별하거나 비참하게 만드는 특이한 사건들에 대한 이야기는 아니었다. 게다가 사실대로 말하면 특별한 일생들도 때로는 서로서로 닮아 있곤 했다. 이 책을 읽기 전에 아버지와 어머니는 자신들의 생애가 얼마나 다른 이들의 생애와 닮았는지를 알지 못했다.

"모든 인생은 다 비슷비슷했어." 어머니가 말했다. "아이들만 빼고. 아이들에 대해서는, 우리가 아무것도 몰랐어."

"정말 그래." 아버지가 말하곤 했다. "아이들에 대해서 우리는 아무것도 몰라."

부모님은 한번 책을 읽기 시작하면 끝까지 읽었다. 이야기가 아무리 재미없고, 읽는 데 몇 달이 걸리더라도 말이다. 그 누구에 대해서도 말하지 않고 처음부터 끝까지 오직 노르망디 숲에 대해서만 이야기하던, 에두아르 에리오의 『노르망디 숲 *La forêt normande*』이란 책도 마찬가지였다.

부모님은 거의 20년 전 즈음 어쩌면 20년도 더 전에 비트리에 도착한 이방인들이었다. 그들은 비트리에서 서로를 알게 되었고, 거기에서 결혼했다. 체류증을 발급받고 또 발급받으며, 그들은 여전히 한시적 신분으로 비트리에 살았다. 아주, 그렇다, 아주 오랫동안. 그들은 실업자였다. 아무도 그들을 고용하길 원하지 않는데 왜냐하면 부모님은 자신들의 근본에 대해서 잘 몰랐고, 특별한 기술이 없었기 때문이다. 부모님은 열의를 보이지도 않았다. 죽은 큰아들을 비롯해, 아이들이 태어난 곳 역시 비트리였다. 그들이 살 집을 얻게 된 것은 아이들 덕분이었다. 둘째 아이가 태어나자, 비트리 시는 부모님이 임대 아파트에 입주하기 전까지 철거가 중단된 집을 제공해주었다. 그렇지만 임대 아파트는 끝내 지어지지 않았고 그들은 시에서 간단한 건축 자재로 복도를 부엌과 분리시켜 공동 침실을 만들어줄 때까지—그사이 아이들은 매해 태어났다—방과 부엌이 하나씩 있던 두 칸짜리 집에서 계속 살아야 했다. 복도에서는 일곱 아이들 중 가장 나이가 많은 에르네스토와 잔이 잠을 잤고 공동 침실에서는 나머지 다섯 아이들이 잤다. 가톨릭 구호 단체에서는 상태가 좋은 석유난로 하나를 기증해주었다.

아이들의 취학이 시청 직원들에게도, 아이들에게도, 부모님에게도 심각한 문제로 대두된 적은 지금껏 한 번도 없었다. 한번은 부모님이 아이들을 가르쳐줄 선생님을 집까지 보내줄 수 있느냐고 물어본 적이 있지만, 사람들은 터무니없는 요구라고 말할 뿐이었다. 그런 식으로 이야기는 흐지부지되었다. 시청의 모든 보고서에는 부모들이 의지가 없으며 그 상태를 유지하려는 이상한 고집을 부린다고 기록되었다.

그러므로 그들은 기차나, 서점의 중고 서적 선반, 쓰레기통 옆에서 주워온 책들을 읽었다. 그들은 비트리의 시립 도서관을 이용할 수 있게 해달라고 요청했지만, 사람들은 '하다하다 그것까지 필요하다고?' 하며 비웃었다. 그들은 더 이상 간청하지 않았다. 다행히 책을 주울 수 있는 교외선 기차들이 있었고, 쓰레기통들도 있었다. 아버지와 어머니는 자녀들을 많이 낳은 덕택에 무료 승차권을 가지고 있었고, 파리를 자주 왕복했다. 특히 그들이 1년에 걸쳐 조르주 퐁피두에 대한 책을 읽은 후부터는 더 자주 그랬다.

이 집안에는 책에 관한 이야기가 하나 더 있었다. 그것은 봄의 초입에 아이들 사이에서 벌어진 일이었다.

그때, 에르네스토는 열두 살에서 스무 살 사이였다. 그는 읽을 줄 몰랐고, 자신의 나이도 몰랐다. 그가 아는 건 오직 자신의 이름뿐이었다.

그 일은 이웃집 지하실에서 일어났는데, 그곳은 일종의 창고로 아이들이 드나들 수 있도록 항상 문이 열려 있었다. 아이들은 저녁 식사 시간이 되길 기다리며, 매일 해가 진 이후 혹은 춥거나 비가 오는 오후에 그곳에 몸을 숨기곤 했다. 가장 나이 어린 남동생들*이 그 책을 발견한 것은 바로 그 창고 안, 중앙난방용 파이프가 지나가는 작은 통로, 석고 파편 아래였다. 동생들은 그것을 에르네스토에게 가져갔고 에르네스토는 그 책을 오랫동안 바라보았다. 그것은 검은 가죽 표지로 장정된 아주 두꺼운 책이었는데, 무엇에 의해서인지는 모르겠지만 용접기나 달궈진 쇠막대 같이 엄청나게 강한 도구가 틀림없을 무언가에 의해서 이쪽저쪽이 불타 있었다. 불탄 구멍은 완벽하게 둥글었다. 구멍을 제외하면 책은 불타기 전의 모습을 그대로 간직하고 있어서 구멍 주위 나머지 부분을 읽을 수는 있었다. 아이들은 이미 서점 진열창이나 부모님의 집에서 책을 보았지만 이 책만큼 잔혹하게 훼손된 책은 한 번도 본 적이 없었다. 가장 어린 동생들은 울었다.

불탄 책을 발견하고 난 후 에르네스토는 며칠 동안 침묵 속으로 빠져들었다. 그는 오후 내내 그 책을 가지고 창고에 틀어박혀 지냈다.

그러다가 에르네스토는 느닷없이 그 나무를 기억해냈던 것

---

* 프랑스어판에선 에르네스토와 잔을 제외한 동생들의 경우, 남동생은 'brother', 여동생은 'sister', 동생들은 'brothers et sisters'로 영어가 혼재되어 표현되었다.

같다.

그것은 베를리오즈 가(街)와, 가파른 비탈 아래쪽 움푹 파인 지형으로 나 있는 고속도로와 포르트-아-랑글레 항구까지 아주 가파른 내리막으로 잇는, 언제나 사람이 거의 없는 카멜리나 가 사이 모퉁이에 있는 정원에 관한 기억이었다. 이 정원은 쇠창살이 박힌 철제 울타리로 둘러싸여 있었는데, 면적이나 형태 면에서 거의 똑같은 다른 정원들의 울타리만큼이나 아주 잘 만들어진 것이었다.

그렇지만 이 정원 안에는 다채로움이라고는 아무것도, 화단도, 꽃도, 풀도, 조형물도, 아무것도 없었다. 거기엔 오직 나무한 그루가 있었다. 단 한 그루. 정원은 바로 그것, 그 나무였다.

아이들은 그런 종류의 나무를 결코 본 적이 없었다. 그것은 비트리 시에서 유일했고 어쩌면 프랑스 전역에서도 유일할지 몰랐다. 그 나무는 평범해 보일 수도 있고, 그래서 사람들이 알아채지 못할 수도 있었다. 하지만 일단 그것을 보고 나면 누구도 그것에 대한 생각을 떨칠 수가 없었다. 그것은 보통 크기의 나무였다. 몸통은 빈 종이에 그은 직선처럼 곧았다. 궁륭 모양으로 우거진 가지에 돋아난 무성한 잎사귀들은 물에 젖은 아름다운 머리카락처럼 빽빽하고 윤이 났다. 그러나 잎이 드리워진 나무 아래는 사막과도 같았다. 그곳엔 볕이 들지 않아 그 무엇도 자라지 못했다.

그 나무는 나이를 잊은 채, 계절과 기후에 상관없이, 어쩔 도리 없는 고독 속에 있었다. 틀림없이 이 지방의 책 어디에도 나무의 이름은 더 이상 적혀 있지 않을 것이다. 어쩌면 이 세상 어떤 책에서도 이 나무의 이름은 더 이상 보이지 않을지도 모른다.

그 책을 발견한 이래 여러 날이 지난 후, 에르네스토는 나무를 보러 갔고, 나무 근처를 둘러싼 울타리의 반대편 언덕에 앉아 있었다. 그 후 그는 매일 나무를 보러 갔다. 어떨 때는 그곳에 오래 있기도 했지만 그는 언제나 혼자였다. 그는 잔을 제외하면 누구에게도, 나무를 찾아갔다는 이야기를 하지 않았다. 그곳은 신기하게도 동생들이 에르네스토를 찾아오지 않는 유일한 장소였다.

불탄 책 다음으로, 에르네스토를 미치게 만들기 시작했던 것은 아마도 나무였을 것이다. 동생들은 그렇게 여겼다. 하지만 어떻게 미쳤는가, 그것에 대해서는 영원히 알 수 없으리라.

어느 날 저녁, 동생들은 잔에게 그것에 대해서 뭔가 아는 바가 있느냐고 물었다. 그녀는, 에르네스토가 책이 지닌 고독과 나무가 지닌 고독에 의해 충격을 받은 것 같다고 생각했다. 그녀는 에르네스토가 책이 겪은 수난과 나무가 겪은 고독이란 수난을 하나의 동일한 운명 속에 포개어놓은 거라고 믿었다. 에르네스토는 불탄 책을 발견했을 때, 갇혀 있는 나무가 떠올랐다고 그녀에게 말했다. 그는 이 두 가지를 함께 생각했고, 그것들의 운명을 어떻게 서로 맞닿게 하고, 녹아들게 하고, 자신의, 에르네스토의, 정신과 육체에 섞여들게 할지에 대해서 생각했다. 그가 인생이란 총체의 그 알 수 없음에 가닿을 때까지.

잔은 덧붙였다. "그리고 에르네스토는 나에 대해서도 생각했어."

하지만 동생들은 잔이 말하는 바를 아무것도 이해하지 못했고, 잠이 들었다. 잔은 그것을 알아차리지 못했고 에르네스토와 나무에 대해서 말을 이었다.

잔에게는, 에르네스토가 그런 식으로 말한 이후부터, 불탄 책과 나무는 에르네스토의 것, 에르네스토가 발견하고 그의 손과 눈과 생각으로 만졌으며, 에르네스토가 그녀에게 전해준 무언가가 되었다.

그때까지 사람들은 에르네스토가 아직 읽을 줄 모른다고

여겼다. 하지만 그는 불탄 책에서 무언가를 읽었다고 말했다. 그냥, 그는 말했다, 그것에 대해 생각하지 않은 채, 심지어는 자기가 뭘 하고 있는지 알지도 못한 채, 그리고 그다음에는 그러니까 그다음에는 자기가 틀린 것은 아닌지, 정말로 읽고 있는 게 맞는지, 심지어는 이 방식이든 다른 방식으로든, 읽는 다는 것이 무엇인지에 대해서조차 더 이상 스스로 의문을 갖지 않은 채로. 처음에 그는 다음과 같은 방식으로 시도했다고 말했다. 즉 그는 어떤 단어가 지닌 형상에다, 온전히 자의적인 방식으로, 첫 번째 의미를 부여했다. 그다음엔 이어지는 두 번째 단어에, 첫 번째 단어의 의미를 고려해 의미를 부여했고, 이런 식으로 문장 전체가 말이 되는 무언가를 의미할 때까지 계속했다. 이런 식으로 그는 결국, 읽는다는 것은 스스로 지어낸 이야기가 자신의 고유한 육체 속에서 끊임없이 펼쳐지는 거라는 걸 이해하게 됐다. 그리고 이런 방식으로 그는 그 책이 아주 오래전, 프랑스에서 멀리 떨어진 한 나라를 다스렸던, 그 자신도 이방인이었던, 한 왕에 대한 이야기라는 것을 이해하게 되었다고 믿었다. 그는 여러 왕에 대한 일반적 이야기들을 읽은 것이 아니라 어떤 특정 시대의 특정한 나라의 특정한 왕에 대한 이야기를 읽었다고 믿었다. 책이 훼손된 탓에 그 책의 일부만, 왕의 인생과 업적에 대한 몇몇 에피소

드와 관련된 것들만을. 그는 동생들에게 그렇게 말했다. 하지만 책을 질투했던 동생들은 에르네스토에게 물었다.

"이 책을 어떻게 읽을 수 있다는 거야? 바보, 읽는 법도 모르면서. 언제부터 읽을 줄 알았어?"

에르네스토는 그게 사실이며, 읽을 줄 모르는데 자신이 어떻게 읽을 수 있는지 모르겠다고 말했다. 그는 스스로도 약간 혼란스러웠다. 그는 그 사실을 동생들에게도 말했다.

그래서 그들은 다 같이 에르네스토의 말을 확인해보기로 했다. 에르네스토는 학교에 다녔고, 여전히 다니고 있으며, 스스로 열네 살이라는 걸 분명히 알고 있는, 이웃집 남자 아이를 찾아갔다. 에르네스토는 이웃집 아이에게 자기가 읽었다고 믿었던 부분을 읽어달라고 부탁했다. "이 책의 윗부분에는 뭐라고 쓰여 있니?"

에르네스토는 학위를 가지고 있고 서른여덟 살이라는 나이 또한 분명히 알고 있는, 비트리의 한 교사도 찾아갔다. 그 둘은 거의 같은 것을 이야기해주었는데, 그것은 책이 왕에 대한 이야기를 담고 있다는 것이었다. 유대인 왕,이라고 교사는 덧붙였다. 두 사람이 읽은 것 사이의 유일한 차이점은 그뿐이었다. 그다음 에르네스토는 아버지한테도 또 확인해보고 싶었지만 이상하게도 아버지는 회피했고, 그 문제를 밀쳐내버리면서, 교사가 한 말을 믿어야 한다고 말했다. 그 후, 교사가 에르네스토와 그의 여동생을 학교에 보내라고, 이토록 똑똑하고 배움에 대한 갈증을 느끼는 아이들을 집*에 가둬둘 권리가 없다고 말하기 위해 부모를 찾아왔다.

그러면 동생들은요? 에르네스토가 물었다. 그 애들은 누가 돌봐요?

음, 스스로 돌보겠지, 어머니가 답했다.

어머니는 교사의 의견에 동의했고 마침 잘되었다고, 동생들이 에르네스토의 부재에 익숙해져야 하며, 언젠가는 그들이 에르네스토 없이 지내야 할 것이고 게다가 언젠가는 모두 서로와, 영원히 헤어질 것이라고 말했다. 처음엔, 그들 사이에 머지않아 이별이 하나씩 생겨날 거라고. 그다음엔, 남아 있는 이들이 자기 차례가 되면 사라져갈 것이라고. 그것이 바로 인생이란다. 그리고 에르네스토의 경우, 그들이 그를 학교에 보내는 걸 잊어버리긴 했지만—에르네스토에 관해서 그런 걸 잊는 건 매우 쉬운 일이었다—언젠가는 에르네스토도 동생들과 떨어져야만 할 것이라고. 인생이란 그런 것, 바로 그것,

---

* 프랑스어판에서 에르네스토가 사는 집은 종종 이탈리아어인 'casa'라고 표현되었다.

다른 무엇이 아니라 그런 것만이 인생이라고. 부모를 떠나는 것이나, 학교에 가는 것이나 다 마찬가지라고.

그러므로 에르네스토는 비트리 쉬르 센에 있는 블레즈 파스칼 공립 학교에 갔다.

그가 학교에 있는 동안 동생들은 매일 저녁 공터나, 사람들이 아이들의 낡은 장난감이나, 낡은 씽씽이, 낡은 유모차, 낡은 세발자전거, 낡은 자전거, 그리고 더 많은 낡은 자전거를 버리고 가는, 새싹이 돋아나는 개자리 들판에서 에르네스토가 돌아오길 기다렸다. 에르네스토가 학교든 어디에서든 돌아오면, 동생들은 그를 따라다녔다. 어디에 가든, 어디에서 오든, 늦은 시간에도, 심지어 더 늦은 시간에도, 에르네스토가 침묵의 상태에서 빠져나오기만 하면 아이들은 그를 쫓아다녔다. 에르네스토가 창고에 가면, 아이들은 거기도 따라갔다. 그곳에서 아이들은 다 같이 저녁 식사를 알리는 아버지의 휘파람 소리를 기다렸다. 그리고 아이들은 에르네스토와 함께 집으로 돌아갔다. 에르네스토를 두고는 절대 집으로 돌아가는 법이 없었다.

학교라는 울타리 안에서 에르네스토가 갇혀 지낸 것은 열흘 정도 지속되었다. 그때까지는 아무런 사건 없이 시간이 흘렀다.

열흘 동안 에르네스토는 교사가 하는 말을 아주 주의 깊게 들었다.

질문을 던지지는 않았다.

그리고 열 번째 날 아침, 수업이 시작되었을 때 에르네스토는 집으로 돌아왔다.

이른 아침이다. 집의 가장 중심 공간인 부엌. 직사각형 모양의 긴 테이블과 벤치, 두 개의 의자가 놓여 있다. 어머니는 그곳에 있다. 그녀는 에르네스토가 들어오는 것을 앉아서 본다. 그녀는 바라보고 그다음에 감자 껍질을 다시 깎기 시작한다.

부드러운 분위기.

어머니 또 약간 화가 나 있구나.

에르네스토 그래요.

어머니 왜인지는…… 너도 모르겠지. 늘 그렇듯이.

침묵.

에르네스토 네, 몰라요.

어머니는 에르네스토가 말하기를 침묵 속에서 오랫동안 기다린다. 에르네스토, 어머니는 그 아이를 잘 안다. 그는 내적으로 화가 나 있다. 그는 밖을 내다보고, 어머니를 잊는다. 그러고 나서 다시 어머니에게로 되돌아온다. 그리고 그들은 서로를 바라본다. 그는, 아무 말도 하지 않는다. 어머니는, 그가 그러도록 내버려둔다. 그래서 그는 말을 한다.

에르네스토 감자를 깎고 계시네요.

어머니 그래.

침묵. 그리고 에르네스토가 소리를 지른다.

에르네스토 세상이, 세상이 여기 있고, 사방에, 많은 것, 온갖 종류의 일이 벌어지고 있는데, 엄마, 엄마는 아침부터 저녁까지 1년 내내 매일같이 감자만 깎고 있다니, 다른 채소로라도 바꾸면 안 돼요?

어머니, 그녀는 그를 바라본다.

어머니 그런 것 때문에 울먹거리다니. 오늘 아침에 머리가 어떻게 된 거 아니니?

에르네스토 아니에요.

다시 감도는 부드러움.

긴 침묵. 어머니는 껍질을 벗긴다. 에르네스토는 그녀를 바라본다.

어머니 학교에서 돌아오기엔 좀 이른 시간이지 않니, 에르네스토?

어머니는 기다린다. 에르네스토는 말이 없다. 침묵.

어머니　나한테 뭔가 하고 싶은 말이 있는 것 같구나, 에르네스토?

에르네스토, 천천히 답을 한다.

에르네스토　아뇨. (잠시 멈춤) 네.

어머니　할 말이 생길 때가 있지.

에르네스토　그럴 때가 있어요, 그래요.

어머니　나도 그렇게 생각한단다. 알지?

에르네스토　네.

침묵.

어머니　그 반대일 수도 있는 것처럼 말이지.

에르네스토　그럴 수도 있죠, 그래요.

어머니　네가 원하는 대로 하려무나, 에르네스토.

에르네스토　네.

침묵.

어머니　너는 나한테 하고 싶은 말을 할 수 없는 게로구나.

에르네스토　그거예요, 엄마한테 말할 수 없어요.

느림. 부드러움.

어머니　왜 그러니?

에르네스토　엄마가 슬퍼질 거예요, 그래서 말할 수 없어요.

어머니   왜 그게 날 슬프게 하는데?

에르네스토는 망설인다.

에르네스토   그냥요. 그리고 엄마는 내가 말해도 이해하지 못할 거예요. 그러니 엄마가 이해 못할 바에는 말할 필요도 없죠.

에르네스토는 어머니 앞에 말없이 서 있다.

어머니   도대체 무슨 말을 하는 거니, 블라디미르.

에르네스토   내가 엄마한테 하려는 말이 엄마를 슬프게 하진 않을 거예요. 엄마는 내가 하는 말을 이해하지 못해서 슬퍼질 거예요.

침묵. 어머니가 아들을 바라본다.

어머니   그래도 말해보렴, 블라디미르……. 만약 나한테 말하는 게 소용 있다면 했을 거 같은 방식으로 말해보렴.

에르네스토   음…… 그러면…… 나는 엄마가 감자 껍질을 벗기는 걸 더도 말고 덜도 말고 지금처럼 보고 있겠죠. 그리고 갑자기 엄마한테 말할 거예요. (잠시 멈춤) 그러고 나면 해야 할 말이 다 끝나 있겠죠.

어머니는 기다린다. 침묵.

이윽고 에르네스토가 소리를 지른다.

에르네스토   엄마, 엄마 내가 말할게요, 엄마…… 엄마…….

나는 다신 학교에 안 갈 거예요, 왜냐하면 학교에서는 내가
알지 못하는 걸 가르쳐주니까요. 이게 내가 말하려는 전부예
요. 다 말했어요. 이게 다예요.

어머니는 껍질 깎는 걸 멈춘다. 침묵.

어머니(천천히 반복한다)　왜—냐—하—면—학—교—에—서
—는—내—가—알—지—못—하—는—걸—가—르—쳐
—주—니—까—요…….

에르네스토　그래요.

어머니는 생각한다. 그런 다음 에르네스토를 바라본다. 그
러고는 미소 짓는다. 에르네스토도 똑같이 미소 짓는다.

어머니　참 좋은 답이구나.

에르네스토　뭐, 그렇죠.

에르네스토는 일어나서, 서랍장 속에 있는 칼을 꺼낸 후 테
이블로 돌아온다.

어머니가 자신의 아이인 에르네스토를 오래 바라본다.

침묵.

그러고 나서 둘은 동시에 웃는다. 맙소사, 그들은 웃는다.
그들은 껍질을 벗기며 웃는다.

침묵.

에르네스토　엄마, 엄마는 제가 말한 걸 이해하네요.

침묵. 어머니는 생각한다.

어머니   그러니까 말이다. 그걸 어떻게 이해했는지는 말할수 없구나. 제대로 이해한 건지는……. 그렇지만 무언가를 어쨌든 이해한 거 같기는 해. 그래.

에르네스토   그냥 신경 쓰지 마요, 엄마.

어머니   그래.

침묵.

어머니는 다시 껍질을 깎기 시작한다. 이따금씩 어머니는자신의 아들인 에르네스토를 바라본다.

어머니   너는 나의 몇 번째 블라디미르지?

에르네스토   첫 번째예요, 죽은 형 다음으로. (다정하게) 엄마가 매일 나한테 그 질문을 할 때마다 좀 속상해요. 이젠 엄마머릿속에 그걸 잘 기억해놓을 때가 됐어요. 제가 첫째예요.(동작) 1 더하기 6은 7……. 근데 엄마가 나를 부르는 블라디미르라는 이름, 그 이름은 대체 어디서 유래한 거예요? 옛날러시아?

침묵. 어머니는, 대답하지 않는다.

에르네스토   그러니까 엄마는 내가 말한 걸 조금이나마 이해한 거죠?

어머니   뭔가를 이해하긴 했어……. 그렇지만 속단하진 말아야 해.

에르네스토 맞아요. 속단해서는 안 돼요.

침묵. 그러고 나서 어머니와 에르네스토는 서로에 대한 사랑이 주는 기쁨 때문에 갑자기 흥분한다.

어머니 세상은 참 놀라워, 얼마나 바보 같은지, 얼마나 바보 같은지가 때때로 느껴지니까, 맙소사…….

에르네스토 맞아요. 어떨 때는 바보 같지 않을 때도 있지만요, 오, 맙소사!

어머니(행복해하면서) 그렇구나, 어떨 때는 세상이 똑똑할 때도 있지, 맙소사!

에르네스토 그렇고말고요! 어떤 점에선 분명히 그래요. 세상은 알지도 못하겠지만요.

침묵. 그들은 껍질을 깎는다. 그들은 진정한다.

어머니 그런데 말해보렴, 에르네스토야. 너는 동생들한테로 가는 게 낫지 않겠니? 아버지가 돌아올 텐데, 아버지한테는 네 결정을 내가 말하는 게 낫지 않을까?

에르네스토 아빠는 저한테 아무것도 안 할 거예요. 우리 아빠는 대범하고, 믿을 수 없게 용감하니까요.

어머니(의심쩍어하며) 대범하다…… 대범하다고……. 그건 너무 성급한 말 같구나, 한번 보렴. 네 아버지는 이렇게 말할 테니. "너를 이해한단다, 얘야." 아버지는 이해하는 것처럼 보일 수도 있지, 침착하고, 어떤 문제도 일으키지 않으려는 사람처럼 말이야. 그러다 갑자기 아버지는 너한테 생트집을 잡을 거야. 네가 미칠 지경이 되도록.

침묵.

어머니(부드럽게) 동생들한테 가 있으렴, 에르네스토, 어서 가라……. 나를 믿어…….

갑자기 에르네스토의 눈에 어떤 의심이 스친다.

에르네스토 정말, 동생들은 어디 있어요?

어머니 애들이 어디에 있겠니? 프리쥐*에 있지.

에르네스토(웃으며) 진열장 아래, 바닥에 앉아서 그림책을 읽으면서요.

어머니 뭐 그런 거지. (웃지 않는다) 뭘 읽는지 모르겠지만. 그 애들은 읽을 줄 모르잖니? 그 애들이 대체 뭘 읽는지 내가 네게 묻고 싶구나. 네가 그 왕에 대한 책을 읽은 이후로 애들은 프리쥐에 가서 자기들도 읽으려고 해……. 그렇지만 읽는 체를 할 뿐이지……. 그래…… 그게 진실이야.

에르네스토가 갑자기 소리를 지른다.

---

* Prisu. 1931~2003년까지 프랑스에 있던 서민용 슈퍼마켓 체인을 가리킨다.

에르네스토 동생들이 이젠 글을 읽는 체를 한다고요! 절대 아녜요…… 듣고 있어요, 엄마? 그 애들은 절대 아무것도 하는 체 하지 않아요.

어머니(소리 지르며) 말도 안 되는 소리를 하는구나! 그럼 그 애들이 뭘 읽는다는 거니? 그 애들은 읽을 줄 몰라! 그런데 뭘 읽는다는 거냐?

에르네스토의 비명과 어머니의 비명은, 닮았다.

에르네스토(소리 지르며) 그 애들이 원하는 걸 읽죠. 당연히!

어머니(소리 지르며) 그렇지만 그 애들이 결국 어느 부분을 읽는다는 거니? 그 애들이 읽는다는 글자는 대체 어디에 있어?

에르네스토 책에 있죠, 글자는!

어머니 까딱하면 그 애들은 천체도 읽겠구나!

자조하는 듯한 웃음이 다시 흐른다.

에르네스토(침착해져서) 죄송해요, 엄마, 저는 동생들에 대해 뭐라 하는 걸 좋아하지 않아서요.

에르네스토가 일어나서 나간다.

어머니는 움직이지 않고 그대로 있다. 그녀는 껍질 깎는 것을 그만둔다. 생각에 잠겨. 기쁘기도 한 듯. 흥미로워하며.

어머니는 아이들에게 감자 요리만 해줬다. 양파와 같이 볶

아주는 감자 요리, 아이들은 그것을 가장 좋아했다. 때때로 어머니는 일주일 내내 먹을 만큼의 고기 스튜를 파프리카를 넣어 끓이기도 했다. 또 다른 때에는 계피와 우유를 넣고 밥을 짓기도 했는데 그것은 이틀이면 동이 났다. 가끔은, 허브를 넣고 뱀장어 요리를 할 때도 있었다. 어머니는 스헬더강의 버려진 지역을 알고 있었는데, 그 늪지대에선 어부들이 계피와 우유가 들어간 밥과 허브를 넣은 뱀장어를 먹는다고 했다. 파프리카 스튜에 관해서는, 어느 나라에서 그 음식을 알게 됐는지 어머니는 잊어버렸다. 아이들은 어머니가 어디에서 왔는지 이야기하는 것을 열중해서 듣곤 했다. 아이들과 비트리에서 만나기 전 어머니가 어느 나라, 어느 미지의 장소를 지나왔는지에 대한 이야기를. 아이들은 어머니가 들려주는 이야기를 결코 잊지 않았다.

부엌이다. 에르네스토가 선언한 이후 사흘이 지났다. 어머니는 누구에게도, 아무것도 이야기하지 않았다. 어머니는 혼자서, 식탁 맡에 앉아 있다. 어머니 앞에는 감자가 있다. 손에는 칼을 쥐고 있다. 어머니는 감자 껍질을 벗기지 않는다. 어머니는 안뜰을, 멀리 강 쪽을, 신도시를 바라본다. 어머니는 아름답다. 붉은빛이 도는 금발. 눈은 녹색이다. 커다란 눈. 잔은 어머니와 똑같은 눈빛과 머리카락을 가지고 있다. 아이라서 키는 조금 작다. 어머니는 자주 말이 없다. 어머니는 바라본다. 어머니가 걸을 때면, 몸 안의 무엇인가가 어머니의 피로를, 여러 번의 출산으로 인한 피로를 느끼게 했다. 어머니의 젖가슴은 틀림없이, 원래 그래야 하는 것보다 더 무겁고 젊은 시절에 비해 더 처져 있었다. 어머니의 아름다움에도 불구하고 그런 게 눈에 띄는 것은 매해 에밀리오가 안겨주는 출산의 피로를 마다하기 위해 어머니가 그 무엇도 행하지 않기 때문이다. 오늘 어머니는 시청에서 보내준 어두운 붉은색 원피스를 입고 있다. 시청의 사회복지부는 가끔씩 어머니에게 원피스를 보내주는데, 그 원피스들은 아주 아름답고, 더러는 거의 새것에 가까운 경우도 많다. 사회복지부는 아이들에게도 많은 것을, 많은 모직물과 티셔츠를 가져다준다. 에밀리오의 것만 빼면 어머니는 옷 문제로는 걱정할 게 없다. 시청에선 아버지가 그걸 받을 자격이 없다며 어머니에게 아버지 몫은 아무것도 주려고 하지 않는다. 가끔씩 어머니는 머리카락을 풀고 있는데, 오늘은 어머니가 머리를 푼 날이고, 붉은빛이 감도는 금발의 머리카락은 어깨 위, 어두운 붉은색 치마 위에 늘어져 있다. 어머니는 젊은 시절 쓰던 언어를 잊어버렸다. 어머니는 비트리의 사람들처럼, 외국인의 억양 없이 말을 한다. 어머니는 동사 변화만 틀릴 뿐이다. 어머니에게 과거로부터 남아 있는 것은 치유할 수 없는 음조, 내면을 목소리로 촉촉이 적시는 노래를 부르듯 단어들을 아주 부드럽게 굴리며 발음하는 방식인데, 그런 흔적들은 이따금씩 알아차리지도 못하는 사이에, 마치 버려진 언어의 기억이 어머니를 방문하기라도 하는 것처럼, 어머니의 육체로부터 말들이 흘러나오게 한다.

에밀리오가 들어온다. 어머니는 그가 들어오는 소리를 듣지 못했다. 어머니는 지난 며칠 동안 딴생각에 잠겨 있다.

아버지　당신 감자를 깎는 거야, 아니야?

어머니　깎고 있어.

아버지　내가 보기엔 아무것도 안 깎고 있는 것 같은데.

　침묵.

아버지　대체 뭐 때문에 그러는 거야?

어머니　에르네스토 때문이야. 그 애가 더 이상 학교에 가지 않고 싶대. "한 번이면 족해요"라고 말하더라고.

　침묵.

아버지(웅얼거리며)　또 무슨 일인 건지……. (침묵) 이것 봐, 나는 내 아들을 이해해, 그 아이를 잘 이해하고 있어, 심지어……

어머니 아니야.

아버지 난 이해해. 내가 이해를 못하겠는 건, 그걸 왜 말했는가 하는 거야. 내 생각엔 그냥 아무 말도 안 했으면 되는데. 그냥 알리지 않고 학교를 안 갔으면 되잖아. 대체 왜 알린 거지?

어머니 알리지 않을 이유는 뭐야? 수치스러운 것도 아니고.

침묵.

아버지 당신한테 그 애가 어떻게 말했어? 말해봐.

침묵.

어머니 "나는 더 이상 학교에 절대로 가지 않을 거예요, 왜냐하면……"이라고 말했어.

아버지 왜냐하면, 뭐?

어머니 그냥.

아버지 그냥?

어머니가 소리 지른다.

어머니 그냥, 그게 다야.

아버지는 참고 있다.

아버지 조심해, 나타샤, 나 곧 화날 거 같아.

어머니 생각하고 있어.

어머니는 천천히 기억해낸다.

어머니 "왜냐하면 학교에서는…… 내가 아는 걸 가르쳐주

32

기 때문이에요"라고 말했어. 거의 이런 식으로 말했어.

아버지는 생각에 잠긴다.

아버지   그건 불가능해. 당신이 이해하지 못한 게 틀림없어. 당신이 말한 건 말이 안 돼······. 그건 불가능해.

어머니   왜 불가능해?

아버지   왜냐하면 에르네스토는 아무것도 모르니까.

어머니   그래서?

아버지   에르네스토는 아무것도 모르니까 뭘 배운다는 걸 가지고 불평할 수는 없지. 그건 에르네스토답지가 않아.

어머니는 기억해낸다.

어머니   아마 반대였던 거 같아. 그래, 그래. 반대였어.

아버지   뭐가 반대라는 거야?

어머니   기다려봐.

침묵. 어머니는 조금 더 생각하고, 답을 발견해낸다.

어머니   그 애가 말했어. "나는 더 이상 학교에 가지 않을 거예요. 왜냐하면 학교에서는 내가 모르는 걸 가르쳐주기 때문이에요." 그래, 이거야.

아버지   그래? 그게 더 낫네. 그렇게 말하는 게 더 내 아들답지.

아버지는 아무것도 이해하지 못했다. 어머니는 아버지가

아무것도 이해하지 못한 것 같다고 의심한다.

어머니 확실해, 에밀리오?

아버지 아니…… 그렇지만…….

어머니 당신은 그다지…… 에르네스토와 유대가 좋은 편이 아니잖아, 에밀리오.

아버지 아냐, 아냐, 그 애는 모르지만, 반대로…….

침묵.

아버지 당신, 당신은 어떻게 생각하는데?

어머니 나는 그 자체로는 아무것도 이해할 게 없다고 생각해. 그렇지만 동시에 이상한 일이지, 에밀리오. 에르네스토가 그 문장을 말한 이후, 나한테는 그 문장이 항상 들리는 거 같아……. 마치 그 문장이 무슨 의미를 갖길 바라는 것처럼, 그리고 마침내는 그것이 어떤 의미를 갖기라도 할 것처럼.

아버지 에르네스토가 열의가 없단 의미겠지, 뭐.

어머니 꼭 그렇지는 않아, 꼭 그렇진 않아, 에밀리오.

아버지 에르네스토가 그 말을 하고 나서부터 당신이 그런 생각을 하게 되었다는 말이지, 나타샤.

어머니 응 그때부터, 맞아.

침묵.

아버지 그러니까 당신 아들, 에르네스토가 품고 있던 생각은 그거였군. 다른 사람들하고 그렇게 다른 건, 결국 겉으로 드러나게 마련이지.

어머니는 남편이 말하는 단어에 깜짝 놀란다.

어머니 다른 이들과 아주 다르다고……. 나는 이해할 수 없는데…….

아버지 이해를 못한다니?

어머니 나는 다른 점을 하나도 모르겠는걸. 아마 이게 모성애인가봐.

아버지 그래.

침묵.

아버지 그러니까 당신은 에르네스토가 다른 사람들이랑 다르단 걸 눈치채지 못했던 거야?

어머니 과장하지 마……. 나는 동의하지 않아. 오히려 그 반대지. 에르네스토는 실은 놀라울 만큼, 다른 사람들하고 비슷해.

아버지 당신은 아무것도 이해 못하는군?

어머니 어쩌면 그 애는 다른 애들보다 조금 덜 먹는다고 할 수 있지, 그거 아냐? 아니면 키에 대한 이야기인가? 키 이야기가 아니라면 대체 뭐야? 당신도 그 애를 봤잖아? 어떤지 봤지? 거대하잖아! 열두 살인데! 그런 주교님처럼 근엄한 분위기를 풍겨서는 아무도 그 애의 나이를 믿질 않을 거야.

아버지 　더 찾아봐, 나타샤……. 다른 건 발견하지 못했어, 아무것도?

어머니 　아, 그래, 있어……. 에르네스토는 아무 말도 안 해. 아무것도……. 그거야…….

아버지 　그거야……. 그러다 그 애가 말할 때는 봐봐, 무슨 말을 하는지. "소금 좀 건네주세요." 그런 말이 아니라고. 그 애 이전에는 아무도, 아무도 하지 않던 말을 한다니까. 그런 말을 찾아서 한다고……. 모두가 그런 건 아냐…….

에르네스토의 동생들은 모두 에르네스토를 닮았다. 어머니와 에르네스토를. 아주 어렸을 때 그들은 아버지를 닮았었다. 그리고 2, 3년 동안은 아무도 닮지 않았다. 그러다 갑자기 그들은 어머니와 에르네스토를 닮기 시작했다. 그렇지만 그중에 아직 아무도 닮지 않은 사람이 하나 있는데, 그게 바로 잔이다. 그녀는 열한 살에서 열일곱 살 사이로 보인다. 어머니는 그들 중에서 아름답지만, 자신의 아름다움에 무심한 아이가 있다면 그것은 잔이라고 말하곤 했다.

어머니는 잔이 에르네스토에게 품는 감정이 신에 대해 갖는 믿음과 거의 흡사하다고 여겼다. 어머니는 둘의 사이가 그런 식인 것을 오히려 기뻐하는 편이었다. 어머니의 인생에는 그 아이들과 관련해서 어떤 나쁜 일도, 어떤 불행한 일도 일어날 리가 없었다. 그런 식으로, 어머니는 자기 자신을 제대로 보지 못했다. 어머니는 자신이 두 아이들과 닮았단 사실을 알지 못했다.

어머니는 잔이 어렸을 때, 불을 바라보는 걸 너무나도 좋아했고, 불에 너무나도 매료되었기에 시립 진료소에 데려갔다. 진료소에서는 혈액 검사를 했다. 그 결과 혈액 속에서 잔이 방화범의 기질을 가지고 있다는 것이 발견되었다. 그렇지만 불에 대한 사랑, 이런 경미한 지나침을 제외하면 잔은 아주 아름답고 활기찬 아이였고, 어머니는 아이들에게 잔을 살펴보라고 말하곤 했다. 어머니는 아이들에게 잔을 불 가까이에 혼자 두지 말라고, 그 사실을 명심해야 한다고 설명했는데, 왜냐하면 잔은 자신의 아름다움이나 미소를 인지하지 못하는 것과 마찬가지로 자신이 지닌 불에 대한 집착을 느끼지 못했기 때문이다. 그래서 그녀는 그 사실을 잊어버릴 수도 있었고 불을 지나치게 응시하다 미쳐버릴 수도 있었다. 그리고 자기 집에 불을 지르는 지경에 이를 수도 있다고 사람들은 말했다. 이것이 어머니가 이야기한 전부였다. 아이들은 자신들의 사랑하는 누이 안에 불같은, 무언가를 향한 이토록 커다란 끌림이 있다는 사실에 감탄하며 동시에 겁을 먹었다. 잔은 동생들로부터 커다란 관심을 받는다는 사실이 기뻐 얼굴을 붉히곤 했다.

어린 딸이 품은 에르네스토에 대한 사랑과 불에 대한 사랑, 어머니는 이 둘에게서 동일한 두려움을 느꼈다. 이렇듯 어머니의 눈에 잔은 어머니 자신을 포함하여 모든 이들이 알지 못하는 위험한 영역, 그리고 어머니는 결코 다가가지 못하리라 예감하는 그 영역의 한가운데 존재하는 것처럼 보였다. 그녀, 어머니가 알지 못하는? 어머니는 자문했다. 그건 확실한가? 그렇다, 자신 역시 거기, 고요한 영역, 잔과 에르네스토가 살고 있는 지혜의 영역에는 결코 다다르지 못하리라는 것을 어머니는 확신했다.

‡

에르네스토에게 학교를 어떻게 그만두게 되었느냐고, 무슨일이 있었던 것이냐고 물은 사람은 잔이었다. 그녀 자신은 떠나는 것 말고는 달리 거기서 할 수 있는 것이 무엇인지 확실히 알아차리지 못한 채, 사흘째 학교에 다니고 있었다.

그녀는 에르네스토에게, 그가 학교를 어떻게 떠나게 되었는지 어머니에게 말했던 것처럼 온 가족, 동생들 모두에게 알려줘야 한다고 말했다.

에르네스토는 몇 번이나 거절했다. 그래서 잔은 간청했다. 그러다 한번은 잔이 울면서 그를 끌어안았고, 에르네스토가 더 이상 그들을 사랑하지 않는다고 말했다. 처음으로 에르네스토의 얼굴이, 잔의 얼굴에, 꽃 내음과 소금기가 배어 있는 바다 향에 맞닿았다.

에르네스토의 두 팔은 잔의 몸을 감쌌다. 그들은 그렇게, 고요히, 눈을 내리깐 채, 간밤의 연인들처럼 서로에게 몸을 숨긴 채 그대로 있었다.

긴 시간이 흘렀고, 그러는 동안 영원히 잊히지 않을, 고요한 깨달음이 그들을 덮쳤다.

그들은 서로를 바라보지 않은 채 몸을 뗐다.

잔은 더 이상 에르네스토에게 학교를 그만둔 이유에 대해서 가족들에게 말하라고 하지 않았다.

그리고 바로 그날 저녁, 저녁 식사 이후, 에르네스토는 학교를 어떻게 떠났는지를 이야기했다.

에르네스토는 체리 나무의 밝은 그늘이 드리워진 층계참 쪽에 서 있다. 테이블 주위의 벤치에는 동생들이 앉아 있다. 어머니는 평소 앉는 자리에 있다. 에밀리오는 그 맞은편에 앉아 있다. 에르네스토의 뒤에는 잔이 있는데, 그녀는 바닥에 등을 대고 누워 벽을 바라보고 있다.

에르네스토는 어땠는지, 어떻게 학교를 떠났고, 어떻게 그 일이―그가 진정으로 원하지도 않았던 것 같은데―이뤄졌는지를 말한다.

에르네스토는 아주 천천히 말하고, 그의 말은 매우 분명하게 들린다. 그는 거기에 없는, 혹은 잘 듣지 못하는 누군가에게 말을 하는 것 같기도 하다. 아마도 오늘 그는 그녀를 위해서, 벽을 따라 누워서 마치 자는 것처럼 보이는 누이를 위해 말하는 것이리라.

그날, 에르네스토는 말한다, 나는 교실에서 오전 내내 기다렸어요.

내가 왜 그랬는지는 알 수 없어요.

한번은 쉬는 시간이었어요.

다른 아이들이 노는 소리가 아주 멀게 느껴졌어요.

나는 혼자 있었어요.

나는 운동장의 소음, 아이들이 외치는 소리를 들었어요.
내 생각에 나는 두려웠던 것 같아요.
무엇 때문인지는 몰라요. 두려움.

그리고 그게 지나갔어요.

나는 다시 기다렸어요.
나는 다시 기다려야만 했어요, 왜인지는 몰랐어요.

또 한번은 학생 식당에서였어요.
나는 목소리, 접시 소리를 들었어요.
그건 듣기 좋았어요. 나는 달아나야 한다는 걸 잊었어요.

학생 식당 이후에 그 일이 일어났어요. 갑자기 아무것도 들
리지 않았어요.

바로 거기서 그 일이 일어났어요.

나는 일어났어요.

나는 그러지 못할까 봐 겁이 났어요. 일어나서, 내가 있던 그곳을 빠져나오지 못할까 봐.

나는 해냈어요.

나는 교실에서 빠져나왔어요.

운동장에서 다른 학생들이 식당에서 돌아오는 것을 보았어요.

나는 아주 천천히 걸었어요.

그리고 나는 학교 밖에 있었어요.
도로 위에요.

두려움은 사라졌어요.
나는 더 이상 두렵지 않았어요.

나는 급수탑 옆 나무 아래에 앉아 있었어요.

나는 기다렸어요. 긴 시간 동안인지 짧은 시간 동안인지, 모르겠어요.

잠들었던 것 같아요.

침묵. 에르네스토는 눈을 감고 기억을 더듬는다.

마치 천년 전의 일 같아요.

침묵.
에르네스토는 잊는 듯하다.
그리고 그는 기억해낸다.

에르네스토　나는 아직 말로 표현하기 어려운 무언가를 이해했어요……. 그걸 적당하게 말하기에 나는 너무 어려요. 우주의 탄생 같은 무언가요. 나는 못에 박힌 것처럼 서 있었어요. 갑자기 내 앞에서 우주가 탄생했어요.
　침묵.
아버지　에르네스토, 조금 거창하게 말하는 건 아니냐…….

침묵.

어머니   거기에 덧붙여 말할 게 있니, 에르네스토?

에르네스토   많지는 않을 거예요.

침묵.

에르네스토   들어보세요. 그건 단번에 일어났어요. 하룻밤 사이에요. 아침에는 모든 게 제자리에 있었어요. 모든 숲, 산, 작은 토끼들, 모든 것이. 단 하룻밤. 모든 것은 저절로 창조됐어요. 단 하룻밤 사이에. 모든 게 빠짐없이 거기에 있었어요. 정확히 있어야 할 곳에요. 단 하나만 빼고요. 단 하나.

어머니   만약 그것이 처음부터 없었던 거라면, 그게 없다는 걸 알 수 없지.

에르네스토가 입을 다문다. 그러고 나서 다시 말을 잇는다.

에르네스토   봐야 하는 건 아니었어요. 그건 우리가 알고 있는 거였어요.

침묵.

에르네스토   사람들은 그게 뭔지에 대해서 말할 수 있을 것 같다고 생각해요. 동시에 말할 수 없다는 걸 알고 있지요……. 그것은 개인적인 거예요……. 사람들은 할 수 있을 거라고 믿어요. 가능할 것 같다고……. 그리고 그렇지 않다는 걸 깨닫게 되죠.

어머니는 갑자기 기뻐하더니 웃는다.

어머니 　나는 뭐가 없어졌던 건지 알아, 그건 바람이었어.

아버지 　아냐, 그것도 거기 있었지. 곧 바로 그거, 바람이라고 말하다니. 또 이 애 말을 막으려는 건 아니지? 지네타.

에르네스토 　다시 말하면, 이걸 정확하게 말하는 것은 거의 불가능해요. 모든 것은 거기에 있었고, 아무런 소용이 없었다고요. 전혀. 전혀. 전혀요.

침묵.

아버지 　작은 것들, 그것들 역시 거기에 있었지…….

에르네스토 　네. 작은 것들 모두, 눈에 안 보이는 모든 작은 것들, 작은 입자들 모두가 거기에 있었어요. 작은 돌멩이 하나도 부족하지 않고, 작은 아이 한 명도 부족하지 않았고, 그렇지만 그것들은 아무 소용이 없었어요. 나뭇잎 하나도 부족하지 않았고요. 그러니까 아무 소용이 없었어요.

침묵.

아버지 　너는 "소용이 없었어요."라고 말하는구나.

에르네스토 　소용이 없었어요.

어머니 　네 이야기를 몇 시간 동안이나 들을 수 있겠구나.

침묵.

에르네스토 　대륙들, 정부(政府)들, 대양들, 하천들, 코끼리들,

배들, 모두 다 소용이 없었어요.

여동생 음악.

에르네스토가 답하는 데 약간 시간이 걸린다.

에르네스토 소용이 없었어.

아버지 그게 무슨 말이냐, 그건, 다 소용 없다는 건, 이해가 잘 안 가는구나.

에르네스토 설명할 수 없어요. 말하는 것, 그것도 소용이 없어요.

어머니 학교도 소용이 없다는 거니?

에르네스토 소용이 없어요. 어머니가 누구보다 잘 아시잖아요.

침묵.

에르네스토 무엇에 소용이 있겠어요? 인생에? 학교가 누구를 위해서? 무얼 하기 위해서? 그러니까 나머지는 다 소용없는 거죠.

침묵. 어머니는 화를 내기 시작한다.

어머니 누가 그런 말을 하니, 소용없을 거라고?

에르네스토 아무도 하지 않았어요.

어머니 하나도 제대로 된 게 없구나, 하나도.

아버지 또 말을 막으려는 건 아니지, 나타샤?

어머니 관계가 있는 거지? 학교랑 우주랑, 아니니?

에르네스토 아주 밀접하게요.

어머니 이상하구나, 나는 조금 이해할 것 같아…….

에르네스토 엄마는 이해하는 걸 결코 멈춘 적이 없죠, 세상에서 가장 뛰어난 사람은 엄마예요.

아버지 그렇다 해도, 에르네스토…… 그렇다 해도…….

어머니 정말이야, 그렇다 해도…… 네 아버지 말이 맞단다.

아버지 선생님을, 그래도 넌 선생님을 뵈러 학교에 가야 해.

에르네스토(질문에 대답하지 않고 말한다) 사랑하는 부모님…….

어머니 "사랑하는 부모님"이라는 표현은 우리 집에서 이상하게 들리는구나.

아버지 나도 그렇게 생각해.

미소. 행복.

어머니(아주 다정하게) 그렇다 해도, 나는 감옥에는 가기 싫구나.

아버지, 단호하게, 소리를 지른다.

아버지(에르네스토에게) 몇 번이나 반복해야겠어? 학교를 안 가면 벌을 받는다고. 부모도 감옥에 가고, 그다음엔 아이들도 교도소에 가지. 결국의 결국에는, 모두 다 교도소에 가. 그리고 전쟁이 나면, 처형된다고.

에르네스토가 가볍고 부드럽게 웃음을 터뜨린다.

어머니 법에 대해 잘못 알고 있는 거야, 에밀리오, 지금 말하는 건 말도 안 돼…….

에르네스토 그냥 독감에 걸렸다고 말하면 돼요, 수두에 걸리고 또 걸렸다거나, 성홍열 같은 것들에 걸렸다고…….

어머니 몸이 아프다고 하면 교사가 믿질 않을 거야……. 세상에, 게다가 그런 종류의 병은 오래전 없어졌고 말이지…….

아버지 그리고 사람들은 이미 네가 한 말을 알고 있어……. 네 이야기는 온 동네에 다 퍼졌어. 동네의 놀림감이 되었는데, 그게 우리한테 즐거울 거라고 생각하냐…….

에르네스토의 웃음, 그리고 침묵.

에르네스토(아주 부드럽게) 전 프리쥐로 동생들을 찾으러 가야 겠어요.

어머니 지금 걔들은 세계 멸망에 관한 책을 읽고 있지, 응? 맙소사.

아이들이 그런 걸 읽는다는 생각에 어머니는 웃는다.

에르네스토가 웃는다. 잔도 웃는다.

에르네스토(이어 말한다) 폭발이며 파괴 그런 것들에 대한 거예요. 세상에……. 엄청나다니까요. 저도 거기서 책을 읽기도 해요. 세상에! 꼬마들은, 거기 있어요. 선반 아래, 세상에…….

판매원들이 그림책을 건네주는데요, 애들이 얼마나 착한지 한번 보셔야하는데…….

부모들의 웃음.

에르네스토 우리는 좋은 교육을 받았으니까 책을 읽을 수 있죠. 마지막으로 읽은 것은, 『프리쥐의 땡땡 *Tintin au Prisu*』이었어요. 그건 무슨 내용이었냐면…… 땡땡이 책을 읽고 있는 내용이에요……. 그런데 어디서? 프리쥐에서.

다들 웃는다.

어머니 아니, 작가들이 이야깃거리를 찾으려고 별 노력을 하지 않는구나……. 맙소사.

그리고 아버지가 활기를 되찾으며 소리 지른다.

아버지 어쨌든, 피할 순 없는 일이야, 선생님을 찾아가서 설명해야겠어. 독감이니 수두니, 기타 등등 뻔한 핑계를 대지 말고, 진실을 말해야 해. 선생님한테 우리 아들 에르네스토가 더 이상 학교에 가길 원치 않는다는 걸 전해야만 해.

어머니 궁둥이를 발로 차주세요, 선생님은 그렇게 말하겠지.

아버지 꼭 그런 건 아냐. 선생님은 에르네스토의 결심을 이해한다고, 그걸 잘 고려해보겠다고 말할 수도 있지. 어쨌든 가봐야겠어. 그들이 애들을 학교에 보내라고 우리 속을 썩인 이상, 애들이 학교에 가지 않겠다고 할 때는 그들도 속 좀 썩어

봐야지. 그런 게 예의란 거지.

　백색의 도시는 비탈 위에 층을 이루며 강가를 따라 난 끔찍한 고속도로로 이어졌다. 고속도로와 강 사이에는 이쪽 비트리와는 조금도 닮지 않은 신도시가 있었다. 이쪽 비트리에는 작은 집들이 있었다. 신도시에는 빌딩들뿐이었다. 하지만 아이들은 무엇보다 아래 도시에 가면 고속도로와 기차가 있다는 것을 알고 있었다. 기차들 뒤에는 강이 있다는 것을. 기차들이 강을 따라 달리고, 고속도로가 기찻길을 따라 나 있다는 것을. 그리고 그런 식이라서, 홍수가 난다면, 고속도로는 또 하나의 강이 되리라는 것을.

　기차들이 시속 400킬로미터로 달린다고 에르네스토는 말하곤 했다. 고속도로의 움푹 팬 곳에서 소리가 울리는 탓에, 소음은 끔찍했고, 심장이 짓눌렸으며, 머리로는 아무 생각도 할 수 없다고.

　그것은 맞는 말이었다. 고속도로는 마치 강의 하상(河床) 같았다. 그 강은 센강이었다. 고속도로는 센강보다 더 낮은 지대에 위치해 있었다. 그 때문에 단 한 번이라도 고속도로가 홍수에 잠기는 걸 보고 싶어 하는 아이들의 바람이 근거 없는 것은 아니었다, 하지만 그 일은 결코 일어나지 않았다.

고속도로 표면의 시멘트는 이제 검은 이끼로 뒤덮여 있었다. 시멘트 곳곳에 균열이 생긴 고속도로에는 구멍들이 깊게 파여 있었는데, 구멍 사이로는 잡초와 풀들이 구역질 날 정도로 꾸역꾸역 자라났다. 그러나 20년 후에 그것들은 검고 끈적끈적한 시멘트 풀이 되어 있었다.

고속도로가 쓸모없어졌다는 말은 사실이기도 하고 아니기도 했는데, 왜냐하면 가끔씩 자동차들이 지나갔기 때문이다. 때때로는 새 차들이 바람을 가르듯 빠르게 줄지어 지나가곤 했다. 때때로는 낡은 트럭들이 놀라운 소음에도 개의치 않고 태연히 지나갔는데, 운전기사들은 얼마나 익숙해졌는지 졸기까지 했다.

이 가족의 아이들은, 매일 나가곤 했다. 그들은 보곤 했다. 걷곤 했다. 그들은 거리에서, 도로에서, 언덕의 오솔길에서, 상가에서, 정원에서, 빈집들에서 달리곤 했다. 그들은 자주 달리곤 했다. 물론 어린아이들은 큰 아이들보다는 덜 빠르게 달리곤 했다. 그리고 큰 아이들은 어린아이들을 잃어버릴까 언제나 두려워했다. 그래서 큰 아이들은 어린아이들과 같이 달리기 시작하다가 우회해서 그들 쪽으로 되돌아오곤 했다. 그러면 어린아이들은 큰 아이들을 추월했다고 믿고 즐거워하곤 했다.

어린 동생들은 언제나 맏이인 에르네스토와 잔의 삶을 귀찮게 했지만, 에르네스토와 잔은 그걸 알지 못했다. 에르네스토와 잔이 더 이상 보이지 않으면 어린 동생들은 큰 불안에 휩싸였다. 그들은 공포에 질려, 에르네스토와 잔이 멀어지거나 길모퉁이로 사라지는 걸 차마 바라보지 못했다. 마치 자신들만이 언젠가 맏이들이 없어지는 날이 오면 그들에게 무슨 일이 일어날지를 아는 유일한 사람들이자 맏이들은 이미 그걸 모르고 있다는 걸 아는 유일한 사람들인 듯이. 동생들에게는 맏이들이 위험으로부터 그들을 보호해줄 방어막이었다. 그렇지만 동생들은 결코 그것에 대해 이야기하지 않았다. 큰아이들도, 작은아이들도. 그것이 맏이들이 동생들을 얼마나 사랑하는지 알지 못하는 이유였다. 이제 맏이들에게 동생들을 견디는 일이 조금이라도 힘들어졌다면 그것은 그들이 동생들과 분리되고 있기 때문이고, 그들 모두가 하나의 육체, 웃고 먹고 자고 소리 지르고 달리고 울고 사랑하는 거대한 유기체를 더 이상 이루지 않기 때문이며, 그들이 죽음을 피할 수 있다는 확신을 잃었기 때문이었다.

그들 모두가 알지 못했던 사실은 그들에게는 어떤 것도 다른 아이들에게처럼 당연하게 일어나지 않는다는 것이었다. 이렇듯, 그들은 각자 또는 모두가 부모에게 재앙이라는 걸 알고 있었다. 맏이들은 그것에 대해서 부모에게 결코, 결코 더 이상 말하지 않았고 부모들도 마찬가지였지만, 그들은 모두, 가장 나이 많은 아이들과 마찬가지로 가장 어린 아이들도, 그것을 알고 있었다. 맏이들은 부모님이 장을 보라고 시킬 때 결코 어린 동생들을 부모에게 두고 가는 법이 없었다. 특히 가장 어린 아이들은 절대 두고 가지 않았다. 그들은 가장 어린 동생들을 낡은 유모차에 태워 이리저리 돌아다니거나, 잡목 숲에 낮잠 재우는 걸 더 선호했다. 그들이 세상에서 가장 두려워하는 것은, 바로 그것이었다, 동생들을 어머니에게 두고 간 사이, 어머니가 그들을 빈민 구제 아동 보호소 같은 데 데려가 '아이를 파는' 서류에 사인을 하는 것. 그 이후엔 아이들을 되찾으려 해도 이미 다 끝난 일일 것이다. 불가능한 일, 아무도, 어머니라 할지라도 되찾을 수 없었다.

아이들이 아버지보다 더 빨리 뛰어 도망칠 힘을 얻게 되었을 때에야, 큰 아이들은 더 이상 동생들 때문에 불안해하지 않았는데, 왜냐하면 그때는 아이들을 붙잡기 위해선 부모님이 꼭두새벽같이 일어나야만 했기 때문이다. 아이들을 붙잡는 건 마치 격류 속에서 물고기를 잡으려고 시도하는 것만큼이나 어려운 일이었다. 다섯 살은 그런 나이였다.

에르네스토와 잔은 어머니 안에 그런 욕망, 버리고 싶어 하는 욕망이 있다는 것을 알았다. 자기가 낳은 아이들을 버리고 싶은. 사랑했던 남자들을 떠나고 싶은. 살고 있던 나라를 떠나고 싶은. 버리고 싶은. 도망가고 싶은. 사라져버리고 싶은. 그리고 그들은 어머니가 그걸 모른다는 것을 알았다. 적어도 아이들은 그렇게 믿었다. 특히 에르네스토와 잔은 그들이 어머니 자신보다, 어머니의 기질에 대해서 더 잘 안다고 믿었다.

아무도, 가족이나 비트리의 누구도, 어머니가 어디에서 왔는지, 유럽의 어느 지역에서 왔는지, 어머니가 어떤 민족에 속하는지를 알지 못했다. 그것에 대해서 약간이나마 알고 있는 것은 에밀리오뿐이었지만, 그가 무엇보다 잘 알고 있는 것은 어머니가 자신의 인생에 대해서 무심한 사람이라는 사실이었다. 사람들은 어머니가 비트리에 오기 전에는 다른 삶을 살았으리라는 것을 확신했다. 여기, 프랑스, 이 언덕의 도시에 오기 전에는.

어머니는 아무것도, 아주 단순하게도, 정말 아무것도 절대 말하지 않았다. 어머니는 매우 깔끔해서, 아가씨처럼 매일 씻었지만 그 무엇도 말하지 않았다. 어머니는 상당히 똑똑했지만 그것을, 전혀, 좋은 일에도 나쁜 일에도 사용하지 않은 것이 틀림없었다. 어쩌면 어머니는 밤처럼 컴컴한 어둠 속에 여전히 잠들어 있는 것인지도 몰랐는데, 그것 역시 있을 법한 일이었다.

그러나 이따금씩, 이야기를 꺼내곤 했다. 어머니가 들려주는 이야기는 언제나 예기치 못한 것이었다. 그 일은 먼 곳에서 일어났다. 아무 일도 아닌 듯했다. 그렇지만 그것은 영원히 기억되었다. 이야기만큼이나 단어들이. 단어들만큼이나 목소리가. 아주 깊은 밤, 시내의 카페에서 돌아오는 길, 어머니가 잔과 에르네스토에게 어떤 대화에 대한 이야기를 들려준 것은 그런 날들 중 하루였다. 어머니는 그것이 어머니 인생에서 가장 또렷한 기억이었노라고 말하곤 했는데, 지금에 와서도 어머니가 여전히 생각하곤 하는 그 환한 기억은 아련히 먼 옛날, 어머니가 열일곱 살이었을 때 중앙 시베리아를 횡단하는 야간열차에서 우연히 들었던 한 대화에 관한 것이었다.

그 두 남자는 어디에서나 볼 수 있는 평범한 사람들이었다. 그들은 여행 전에는 서로를 알지 못했고, 앞으로도 그들의 인생에서 다시는 만나지 않을 것이 분명한 사람들이었다. 그들은 먼저 자신들의 마을이 각자 사는 곳에서 얼마나 멀리 떨어져 있는가에 대해서 이야기하기 시작했다. 그러고 나서 둘

중 더 젊어 보이는 사내가 자신의 국가 공무원 생활에 대해서 말문을 열었고, 자신의 현재 삶의 여러 가지 것에 대해서, 그리고 그는 밤과 추위, 북극의 아름다움에 대해서도 말했다. 대화는 갑자기 느려졌다. 젊은 사내는 자신의 아내와 두 아이들과 함께 사는 행복에 대해서 어떻게 표현해야 하는지를 알지 못했다. 그러자 조금 덜 젊은 사내가 이번에는 자기 자신에 대해서 말을 꺼냈는데, 그 역시 시베리아 평원에 사는 대부분의 주민처럼 국가 공무원이었고, 그 역시 계속되는 북극의 밤과 추위에 대해서 털어놓았다. 그에게도 아이들이 있었다. 그렇지만 그 역시 수줍음 탓에, 마치 그런 주제들은 중요하지 않은 것처럼, 극지방 밤의 고요에 대해서, 추위와 침묵의 뒤엉킴에 대해서 이야기할 뿐이었다. 적어도 영하 60도로 석 달이나 이어지는 밤들. 더 젊은 사내는 개와 썰매의 고장에서 아이들이 느끼는 신비로운 행복에 대해서 말했다.

무엇보다 그들이 말하는 방식이 어머니에게는 결정적인 것이었다. 그들은 다른 승객들을 방해하지 않으려는 듯 낮은 목소리로 말했고, 승객들이 그들의 이야기를 열중해서 듣고 있다는 걸 알아채지 못했다.

어머니는 여러 해 동안 마을들의 이름을 기억하고 있었다.

이제는 그 이름들을 잊어버렸다. 어머니는 광막한 눈에 덮인 바이칼호의 푸른 빛깔을 기억했다.

그 여행 이후, 어머니는 시베리아 철도망에 대해 알아보러 갔었다고 말했다. 단 한 번이라도, 아마도, 아무도 몰랐겠지만, 그것을 보러 가기 위해서. 보려고, 어머니는 말했다. 젊은 사내의 아내와, 그의 집을, 그곳을 둘러싸고 있는 많은 눈과 돌을, 몇 개월 동안이나 축사 안에 갇혀 있는 짐승들을, 그리고 겨울 속에 갇혀 있는 겨울의 향기를.

어머니는 비트리에 살고 있는 어느 누구와도, 또는 가족 중 누구와도 대화를 나눠야 한다고 생각하지 않았다. 에르네스토를 제외하면, 어머니는 주변 사람들, 여전히 사랑하고 있는 에밀리오에게마저도, 이방인으로 남길 원했다.

에르네스토만 제외하고.

어머니의 인생에는 잊지 못할 두 가지가 있었는데, 형용할 수 없는 행복을 실어 나르던 야간열차, 그리고 이 아이, 에르네스토였다.

에르네스토는 그녀의 아이들 중 유일하게 신에 대해 관심을 갖는 아이였다. 에르네스토는 단 한 번도 신이라는 단어를 꺼낸 적이 없었는데 어머니는 에르네스토가 생략하고 있는 말을 통해서, 그가 신에 대해 생각하고 있음을 추측해냈다. 신은, 에르네스토에게 있어, 그가 동생들이며 어머니와 아버지, 봄(春) 혹은 잔을 바라볼 때, 또는 아무것도 바라보지 않을 때 언제나 그의 곁에 있는 절망 같은 것이었다. 어머니는 어느 날 저녁 우연히 에르네스토를 바라보다가 자기를 쳐다보는 예의 비통한 눈빛, 때로는 텅 빈 듯한 그의 눈빛에서 에르네스토 안의 절망을 발견했다. 그날 저녁, 어머니는 에르네스토의 침묵이 신이며 동시에 신이 아닌 것, 삶에 대한 열정이자 동시에 죽음에 대한 갈망임을 알았다.

잠자리에서 눈을 떴을 때, 때때로 어머니는 그 아이가 자기 침대 아래쪽에 잠들어 있는 것을 발견하곤 했다. 그래서 어머니는 밤새 비트리에 폭풍우와 거센 바람이 몰아쳤고, 하늘이 무너질 듯 무서운 소리를 냈다는 것을 알았다. 폭풍우가 몰아칠 때마다, 에르네스토는 밤새 신에 의해 파괴된 것들을 마음에 새겼다. 동네, 도로, 건물, 마침내 비트리 전체가 돌멩이 하나하나까지 파괴될 것이었다. 에르네스토는 몸을 떨었다. 어느 날 그는 어머니에게, 아이들에게는 접근이 금지된 낡은 고속도로 위로 하늘이 무너져 내리는 소리를 들었다고 말하기도 했다. 맹세해요, 그쪽이었어요. 그는 말했다.

한편, 여름에도 겨울에도 어머니는 식사 시간 외에는 아이들을 부엌 밖으로 내쫓았다. 그것 때문에 동네 사람들은 몇 번이나 불평을 늘어놓았다. 특히 비트리에 새로 이사 온 사람들은 어머니가 자식들에게 어떻게 그럴 수 있냐며 화를 냈다. 하루 종일 밖에서 놀게 하고 학교를 보내지 않다니. 그렇지만 어머니는 그런 불평을 결코 신경 쓰는 법이 없었다. 어머니는 이렇게 말했다. 내가 애들을 빈민 구제 아동 보호소 같은 데 맡기길 바라는 거죠, 그렇죠? 사람들은 미안하다고 말하곤 기겁을 하며 떠났다.

아이들의 눈에는, 큰 아이건 작은 아이건, 그것이 확실하건 확실하지 않건 간에, 어머니가 자신 안에서 매일 무언가 표현할 수 없는 중요한 작품을 기획하고 있는 것처럼 보였고, 그것이 어머니가 평화와 고요함의 시간을 필요로 하는 이유였다. 어머니가 무언가를 향해 가고 있다는 것을, 모두는 알고 있었다. 가시적이면서 동시에 예측 불가능하고, 미지의 성질을 지닌, 진행 중인 미래, 그것이 바로 그 작품이었다. 그 무엇도 그것의 규모를 한정할 수 없는데, 그들에게 어머니가 하는 일은 명명할 수 없는 것, 너무나 개인적인 것이었기 때문이다. 그것에 대해서 말을 하기엔 너무 일렀다. 아무것도 그것의 전체적이고 모순적인 의미를 내포할 수 없었다—한 단어조차도. 에르네스토에게는 어머니의 인생이 어쩌면 이미 작품이었는지도 몰랐다. 그리고 어쩌면, 어머니가 안에 품고 있는, 이 작품이, 혼란을 야기한 것일지도 몰랐다.

어머니가 간신히 글을 쓸 줄 안다는 사실은 어머니의 작품에 무한한 색채를 부여했다. 모든 것은 작품의 장엄함을 이루었다. 마치 빗줄기가 대양을 이루듯이. 어머니가 내다버리고 싶어 하는 아이들과 어머니가 쓰지 않은 책들이, 어머니가 저지르지 않은 범죄들이 그러하듯이. 그리고 또 다른 어느 때, 또 다른 러시아 기차 안의, 겨울에 잃어버렸던, 이제는 망각에 의해 황폐해진 그 연인들이 그러하듯이.

그렇다. 그녀에게는 또 다른 여행, 시베리아 중앙을 횡단하는 다른 야간열차 안에서의 또 다른 기억이 있다. 이번에 거기에는, 그 사랑이 있었다.

기차에서 무엇을 했는지를, 어머니는 잊어버렸다. 그렇지만 그 사랑만큼은 아직,이라고 어머니는 말했는데, 아직 완전히는 아니라고, 죽음에 이를 때까지, 아직 완전히는 잊히지 않을 거라고, 심장의 그 타오름을, 가늠을 수 있는 기억에서부터 간직할 것이었고, 그것을 이미 거기에, 몸속에 지니고 있다고 어머니는 말하곤 했다.

　그 남자가 기차에 올랐을 때, 어머니는 이미 그곳에 있었다. 그들은 기차를 타고 여행하는 동안 사랑에 빠졌다. 어머니는 열일곱 살이었다. 잔만큼 예뻤노라고 어머니는 말하곤 했다. 그들은 서로에게 사랑한다고 이야기했다. 그들은 함께 울었다. 그는 어머니를 자신의 외투 위에 눕혔다. 객차 안은 텅 비어 있었고 아무도 그곳에 들어오지 않았다. 밤새도록 그들의 몸은 서로에게서 떨어지지 않았다.

　어머니가 그 여행에 대한 이야기를 들려준 것은 비트리의 술집에서 돌아오는 길에서였다. 몇 달 동안 어쩌면 그보다 더, 몇 해 동안, 어머니는 기차의 그 남자를 다시 찾을 수 있기를 기다렸다. 어머니는 아직도 그 기다림을, 그 남자와의 만남에서 얻은 행복의 일부처럼 생각했다. 그녀의 인생에서, 그것은 다른 어느 날과도 비교할 수 없는, 눈부신 밤이었다. 그 사랑이 얼마나 강렬했던지, 어머니는 그날 밤 비트리에서도 그 기억에 대해 이야기하면서 여전히 몸을 떨었다.

　아이들은 어머니가 이야기하던 그 순간을 영원히 기억할 것이었다. 그들은 모두, 잔과 에르네스토, 그리고 동생들까지도 그곳에 있었다. 어머니가 이야기하는 동안, 아버지는 침대 속에서 자고 있었다. 옷을 입고, 여름 샌들을 신은 채, 거칠게 숨을 쉬며, 들판에서처럼 잠들어 있었다.

새벽이 다가오기 직전, 기차는 어느 작은 역에 멈췄다. 남자는 외마디 소리를 지르며 일어났고, 짐을 챙겨서 격렬한 공포에 휩싸인 채 내렸다. 그는 다시 돌아오지 않았다.

기차가 떠나려는 순간, 그는 기차 쪽, 환한 문가에 있는 여자 쪽으로 몸을 돌렸다. 단지 몇 초간의 일이었다. 이윽고 기차가 플랫폼 위 그의 이미지를 허물어뜨렸다.

부양가족 수당을 받으면, 아버지와 어머니는 보졸레나 칼바도스를 마시기 위해 시내로 나가곤 했다. 그들은 시내의 술집이 문을 닫는 자정까지 술을 마셨다. 그런 후, 그들은 포르트-아-랑글레까지 내려가 비트리 부둣가에 있는 선술집에 들렀다. 그러고 나서 그곳에서 그들을 집까지 데려다줄 사람을 발견하지 못하면, 비트리 언덕을 다시 올라가 오래된 7번 국도의 장거리 트럭 운송업자들에게로 향하곤 했다. 매번 그런 것은 아니었다. 그러나 그럴 때면 그들은 새벽 4시가 되어서야 집에 돌아왔다. 그러면, 그랬다, 아이들은 절망하곤 했다. 그들은 이번에야말로 영영 부모님을 볼 수 없을지도 모른다는 불안감을 떨치지 못했다.

아이들에게는, 죽음이란 부모님을 더 이상 보지 못하는 것이었다. 죽음에 대한 아이들의 두려움은 부모님을 두 번 다시 보지 못한다는 두려움과 마찬가지였다. 아이들은 자신들이 절대 굶어 죽지 않으리란 걸 알았다. 왜냐하면 부모님이 시내를 배회할 때나, 어머니가 갑자기 먹을 것을 준비하지 않고 잠자리에 들기로 작정한 때라도, 그들은 에르네스토가 차려준 퀘이커 오츠 시리얼을 먹곤 했기 때문이었다. 그럴 때면 잔은 「맑은 샘가에서」란 노래를 불렀다. 이 바보 같은 꼬맹이들아, 이제 그만 소리 지르고 이리 와, 에르네스토는 말하곤 했다.

밤이면, 이해할 수 없고 난폭한 이야기로 인해 부모님이 엉망진창으로 술에 취하는 경우가 있었다. 어느 날은 포르트드 바뇰레에서 부모님을 발견한 적도 있었다. 왜 하필 포르트드 바뇰레였을까? 그들은 알지 못했다. 순찰차 하나가 그들을 비트리로 데려다주었다. 이 외출 이후, 부모님은 사흘 동안 방에 머물렀는데 아이들에게 문을 열어주려 하지 않았고, 그들에게 대답조차 하길 원하지 않았다. 잔은 울었고, 그들에게 욕을 했으며, 그들을 죽이겠다고 소리 질렀다. 문 열어줘요,

아니면 내가 집을 불태워버릴 거야. 잔의 목소리는 날카롭고 참기 힘들었다. 모든 아이가 울었다. 에르네스토는 아이들을 창고로 데려갔다. 그리고 마침내, 아버지가 문을 열었다. 아버지가 너무나 절망스러워 보여서 잔은 두 손으로 얼굴을 가린 채 창고로 뛰어갔다. 에르네스토가 그녀의 곁으로 다가갔다. 그녀는 아마도 자신들이 틀린 것 같다고, 만약 부모님이 정말 그토록 죽길 원했다면 내버려둬야 했는지도 모른다고, 에르네스토에게 말했다.

때때로 부모님은 시내에 다녀오지 않고도 갑자기 방문을 걸어 잠그고 그들의 방에서 나오지 않았다. 틀림없이 매우 개인적이고 특수해서 딱히 말할 것도 없는 그런 이유 때문이었을 것이다. 에르네스토는 그것이 아마도 5월의 어느 봄날이었을 거라고 말했다. 그는 지난해에도 그 지난해에도 똑같았다는 것을 기억하고 있었다. 흐드러지게 핀 체리 꽃, 그 봄날의 과함을 더 이상 견딜 수가 없다고, 보고 싶지 않다고 어머니는 말하곤 했다. 어머니를 특히 숨 막히게 했던 것은 봄날이 되돌아오리란 사실이었다. 비트리의 모든 사람이 그토록 아름답고 푸른 계절을 즐겼지만, 어머니는 꽃이 핀 체리 나무를 욕했다. 욕설을 내뱉으면서 어머니는 동시에 나무를 꺾는 것을, 부엌을 침범하는 가지 끝에 달린 잔가지라도 꺾는 것을 용납하지 않았다.

한번은 에르네스토가 잔에게 어쩌면 그들, 그러니까 에르네스토와 잔은, 틀렸을지도 모른다고, 어쩌면 부모님은 사랑을 나누기 위해 방문을 걸어 잠그고 있는 걸지도 모른다고 말했다.

잔은 에르네스토의 그런 이야기를 말없이 듣고 있었다. 그는 자신의 누이동생을 오랫동안 바라보았고 그녀는 눈을 감을 수밖에 없었다. 그러자 에르네스토의 눈빛이 흔들리기 시작했고, 이번엔 그 역시 눈을 감아버리고 말았다. 그들이 다시 눈을 떠 서로를 바라볼 수 있었을 때에도 그들은 서로의 시선을 피했다. 그 일이 있은 뒤 며칠 동안, 그들은 말을 하지 않았다. 그냥 그렇게, 그들을 지치게 만들고 그들로 하여금 말을 할 수 없게 만드는 이 새로운 감정을 명명하지 않은 채 내버려두었다.

그 일이 있고 나서 얼마 지나지 않아, 에르네스토는 동생들에게 예루살렘의 왕인 다윗의 업적을 다룬 그 불탄 책을 읽어주었다.

—나는 집들을 지었노라,라고 에르네스토가 읽었다.

　　—나는 포도나무를 심었노라.

　　—나는 숲과 정원을 만들었노라. 나는 모든 종류의 과실 나무를 심었노라,라고 에르네스토가 읽는다.

　　—그리고 나는 연못을 만들었노라.

　　에르네스토는 읽는 것을 멈춘다. 책이 그의 손에서 미끄러 진다. 그는 그렇게 되도록 내버려둔다. 그는 지쳐 보인다. 잠시 후, 그는 다시 읽기 시작한다. 이번에는 책 없이.

　　—숲에 물을 주기 위해, 에르네스토는 다시 읽는다, 그리고 포도밭과 정원, 들판에 물을 주기 위해 나는 연못을 만들었 노라.

　　에르네스토는 읽는 것을 멈춘다. 그는 침묵한다. 벽에 기대 어 누워 있는 잔을 바라본다. 잔은 눈을 뜨고 이번에는 그녀 가 에르네스토를 바라본다.

　　그리고 나서 잔은 다시 눈을 내리깐다. 그녀는 또다시 에르네스토로부터 멀어져가고 있는 것처럼 보인다. 그렇지만 에르네스토는 꼭 감은 눈꺼풀 뒤에서, 잔이 불타오르도록 열렬히 바라보고 있는 사람이 자신이라는 걸 알고 있다. 에르네스토 역시 잔을 자신 안에 간직하기 위해 눈을 감은 채 책을 읽는다.

—나는 이스라엘에 있었던 그 어떤 왕들보다도 더 많은 소와 양의 무리를 소유하고 있노라.

에르네스토가 다시 눈을 뜬다.
그는 바닥에 눕는다. 그는 벽에 기대어 있는 잔의 몸에서 시선을 거두려고 노력한다.

—나는 수많은 금과 은을 모았노라. 이 세상 모든 왕과 왕자가 누렸던 부를 이루었노라.

—나는 노래하는 자들을, 수많은 여인을 거느렸노라.

—나는 이스라엘의 모든 왕 중에서 으뜸인 왕이 되었노라, 라고 에르네스토가 소리 지른다. 나는 지혜를 가졌노라.

에르네스토는 잠든 것처럼 보인다. 그렇지만 그는 소리를 지르고 있다. 에르네스토는 잠들어 있는 것처럼, 자면서 소리를 지르는 것처럼 보인다.

—나는 내 눈이 원했던 모든 것을 가졌노라,라고 에르네스토가 소리를 지른다.
—나는 내 마음을, 그 어떤 사랑이나 즐거움도 거역하지 않았노라.

에르네스토는 일어난다. 그는 다시 책을 집는다. 처음에는 책을 읽지 않는다. 그는 몸을 떤다. 그러고 나서 다시 읽기 시작한다.

—그리고, 에르네스토가 말한다, 나는 내가 이룬 모든 업적과, 그걸 이루기 위해 얻은 모든 고통에 대해서 생각했노라.
—그리고 나는 이것을 이해했노라. 모든 것이 헛되고 헛되다는 것을. 헛되고 헛되도다. 그리고 바람을 좇는 일이로다.
아이들은 이스라엘 왕이 했던 일 하나하나를 온정신을 집중해서 듣고 있었다. 아이들은 그들, 이스라엘의 왕들은 지금은 어디에 있느냐고 물었다.

그들은 모두 죽었다고 에르네스토는 말했다.

어떻게?라고 아이들이 물었다.

에르네스토가 답했다. 가스실에서 혹은 불에 타 죽었지.

동생들은 틀림없이 이미 그런 이야기를 들은 적이 있었다. 몇몇이 아, 그렇지, 알고 있었어,라고 말했다.

다른 몇몇의 아이들은 불탄 책을 발견했을 때처럼 울었다.

그리고 그들은 비와 연못 이야기로 다시 돌아왔다. 아이들은 왕의 창조물 중에서 그것들을 가장 좋아했다.

한 남동생이 말했다. 내가 가장 좋아하는 건 왕이 숲을 만드는 부분이야. 그가 이해하지 못하는 건 어떻게 연못 속에다 물을 넣을 수 있는가 하는 거였다.

다른 동생 한 명이 그건 비였다고 말했다. 왕이 숲과 정원에 뿌리기 위해 빗물을 연못에 넣었다고.

왕의 지혜에 동생들은 모두 감탄했다.

헛되다. 동생들은 그것이 무엇인지를 알지 못했다. 한 여동생은 그것이 지나치게 아름답고 지나치게 많은 다이아몬드를 단 원피스를 입었을 때를 말하는 것이라고 생각했다. 다른 여동생은 그런 옷을 입고 얼굴에 립스틱을 잔뜩 바르는 거라고 말했다.

헛되고 헛되도다, 어떤 동생도 그것의 의미를 알지 못했다. 그렇지만 바람을 좇는다는 것이 무엇인지는 비트리 언덕 아래의 적막하고 거대한 고속도로를 보았기 때문에 동생들도 조금은 알고 있었다.

에르네스토는 바람이라는 건 지식이라고 부르는 것의 다른 이름이라고 말했다. 지식은 바람이라고, 고속도로를 휩쓸고 지나가는 무엇이면서 정신을 스치고 지나가는 무엇이라고.

큰 남동생 하나가 그 지식이라는 것을 그림으로는 어떻게 그릴 수 있느냐고 물었다.

에르네스토가 대답한다. 그림으로 그릴 수는 없어. 왜냐하면 그것은 바람처럼 멈추지 않기 때문이지. 우리가 붙잡을 수 없는 바람, 멈추지 않는 바람, 말로 이루어진, 먼지로 이루어진 바람. 어떤 그림이나, 글로도 그걸 표현할 수는 없단다.

잔은 에르네스토를 바라본다. 그리고 웃는다. 잔이 웃으면 동생들도 모두 웃는다.

그런 게 많이 있어? 가장 어린 남동생이 묻는다.

꽤 있다고 믿고들 있지만 사실은 그렇지 않아. 에르네스토가 말한다.

얼마나 있어? 가장 어린 동생이 묻는다.

거의 없다고 할 수 있지, 에르네스토가 말한다.

가장 어린 남동생은 화를 낸다. 그는 자기에겐 아는 사람*
이 있다고, 비트리에 사는 어린 소녀로, 흑인이고, 아프리카에
서 온 아이라고 말한다. 그 아이의 이름은 아드미니스트라티
브 아들린이었다.

동생들 가운데 중간쯤 되는 남동생이 울면서 소리를 질렀다.
에르네스토 형은 완전히 미쳤어. 돌았다고.

에르네스토가 웃는다. 그리고 잔도 웃는다. 그러고 나서 모
두 같이 웃는다. 이윽고 에르네스토는 동생들에게 잊지 말라
고 당부한다. 비트리에 있는, 이스라엘의 마지막 왕은 그들의
부모님이라는 것을.

봄이 되자 아이들의 몸은 장밋빛으로 익어갔고, 머리카락
역시 장밋빛에 가까운 붉은 금발이 되었다. 그들은 매우 아름
다웠다. 비트리에는 이렇게 말하는 사람들이 있었다. 이토록
아름다운 아이들인데 너무 안타깝네, 그렇게 보이지는 않는
데. 어떻게 보이지 않는데요, 사람들이 물었다. 버려진 아이들
같이 보이지는 않는데, 사람들은 대답했다.

---

* 프랑스어 'Connaissance'라는 단어에는 '앎, 지식'이라는 뜻과 '아는 사람'이
라는 뜻이 같이 있다. '지식(Connaissance)'이라는 단어를 막냇동생이 잘못
알아듣고 말하는 대목이다.

아버지와 어머니는 비트리에서 서로를 알게 되었는데, 에밀리오 크레스피가 이탈리아에서 건너와 정착한 곳이 바로 거기였다. 그곳에서 그는 한 건설 회사의 벽돌공 일자리를 얻었다. 그는 비트리 시내 가까운 곳의 이탈리아인들이 모여 사는 한 숙소에 살고 있었다.

2년 동안 에밀리오 크레스피는 홀로 살았고, 이탈리아인들의 숙소에서 열린 연간 파티에 혼자 찾아온 스무 살이던 어머니를 만났다.

그녀의 이름은 앙카 리숩스카야였다. 그녀는 폴란드에서 왔다. 폴란드에서 태어난 것은 아니었다. 그녀는 부모님이 폴란드로 떠나기 전에 태어났지만 어디에서 태어났는지는 영영 알지 못했는데, 그녀의 어머니는 그녀가 우크라이나와 우랄 산맥 사이에 있는 마을 어딘가에서 태어났다고 말했다.

그녀를 파리로 데려와준 프랑스인을 만난 곳은 크라쿠프였다. 그러나 그녀는 도착하자마자 그를 떠났고, 왜 그랬는지는 결코 말하지 않았다. 그에게서 도망치기 위해 그녀는 꼬박 이틀을 걸었다. 그녀는 비트리에 이르렀고, 거기에서 멈췄다. 그녀는 일과 거처를 부탁하기 위해 시청을 찾아갔다. 붉은빛 도는 금발 머리에 하늘빛 푸른 눈동자, 폴란드인답게 창백한 피부를 지닌 스무 살의 여인. 그녀는 금세 일자리를 얻었다.

그 당시 에밀리오는 갈색 머리에 마른 체격, 맑은 눈동자를 지닌, 잘 웃고 다정하며 매력적인, 잘생긴 남자였다. 파티가 있던 그날 저녁, 어머니는 그의 방으로 갔다. 그들은 서로에게서 한시도 떨어지지 않았다.

그녀는 첫아이가 태어날 때까지 시청에서 청소부로 일했다. 그 일을 마지막으로 그녀는 더 이상 밖에서 일하지 않았다. 에밀리오 크레스피, 그는 세 번째 아이가 태어날 때까지 벽돌공으로 일했다. 그 후 그는 더 이상 아무 일도 하지 않았다.
어머니가 아름다운 것은 아니었다. 그녀가 어땠는지 정확하게 말하는 것은 어려운 일이었다. 마치 아름다운데 자신이 아름답다는 걸 알면서, 그렇지 않은 듯 사는 이에 대해 한마디로 말하는 것이 어려운 일이듯. 자신이 아름답다는 사실을 잊어버리고, 자기 자신을 함부로 대하는 삶을 살면서, 그렇게 밖에 살 수 없는 이에 대해 말하는 것이 그러하듯.
오랜 시간 동안, 어머니의 과거를 상상하는 것은 아버지에게 고통스러운 일이었다. 그는 어느 날 벼락처럼, 불꽃처럼, 여왕처럼, 그리고 절망으로까지 이어지는 미칠 듯한 행복처럼,

그의 인생에 당도한 이 여인의 존재에 대해서 아주 오랫동안 자문했다. 이 집에 있는 그녀는 누구인가? 그의 가슴에 안겨 있는 이 여인은? 몸을 맞대고 있는 이 여인은? 아무것도, 어머니는 자신의 젊은 시절을 밝혀줄 만한 것에 대해서는 결코 아무것도 말하지 않았다. 그토록 어둡고 형언할 수 없는 과거, 언젠가는 크나큰 고통의 원인이 되리라는 걸 어머니가 영원히 알지 못했던 그 과거에 대해서는.

그러고는 아이들이 태어났다. 각각의 아이들은 아버지의 질문, 그러니까 이 여인이 누구인가에 대한 답이 되었다. 이 여인은 아이들의 어머니였고, 아이 아버지의 아내, 그의 연인이었다.

아이들이 태어나면서 아버지의 고통도 사라졌다. 그리고 나중에는 아이들이 아버지에게 또 다른 고통을 안겨주었다. 그것, 그 새로운 고통을, 아버지는 받아들였다.

학교. 교실 안. 교사가 있다. 그는 책상에 앉아 있다. 그는 혼자다. 학생들은 없다. 에르네스토의 부모가 들어온다. 그들은 인사를 나눈다.

모두　안녕하세요, 선생님, 안녕하신가요, 어머님, 아버님.

침묵.

아버지 저희는 아들 에르네스토에 대해서 알려드릴 게 있어 찾아왔습니다. 그 아이는 학교에 더 이상 다니고 싶어 하질 않네요.

교사는 부모님을 쳐다본다, 무심히. 아버지가 다시 이야기를 잇는다.

아버지 아이를 학교에 보내야 할 의무가 있다는 걸, 의무가, 의무가, 의무가 있다는 걸 알고 있기 때문에, 그리고 우리는 교도소에 가고 싶지 않기 때문에 선생님께 해드리려고…….

어머니 알리려고…… 남편이 말하려던 건 이거예요……. 알려드리려고…… 선생님께 말씀을 드리려고요.

교사 분명히 말씀해주시겠습니까, 아버님, 다시 이야기를 해보지요. 무엇을 알려주시려고 저를 보자고 하신 건가요?

아버지 그러니까, 제가 방금 말씀드린 거요…….

교사 제가 제대로 이해했다면, 아드님인 에르네스토가 학교에 더 이상 다니고 싶어 하지 않는다는 것 말씀입니까?

부모님 그렇습니다. 바로 그거예요.

교사(과장된 말투로) 그렇지만 아버님, 여기에 있는 483명의 아이들 중에서 학교에 다니고 싶어 하는 아이는 한 명도 없습니다. 한 명도요. 도대체 무슨 생각이신 건가요?

부모님은 입을 다문다. 그들은 교사가 그렇게 대답할 거라는 걸 알고 있었다. 교사는 웃는다. 그래서 부모님도 웃는다. 그들은 말이 없다. 그들은 놀라지 않는다. 부모님은 교사와 함께 우스갯소리를 주고받는다.

교사　학교에 다니고 싶어 하는 아이를 한 명이라도 알고 계신가요?

부모님은 대답하지 않는다.

교사　애들을 학교에 가게 만드는 거지요, 아버님, 가도록 강요하고, 때리기도 하고요. (부모님은 답이 없다) 제가 하는 말을 알아들으시겠습니까?

부모님은 조용하고 차분하다.

어머니　이해합니다, 하지만 우리는 아이들을 강요하지 않아요, 선생님.

아버지　우리의 원칙에 어긋납니다, 선생님. 죄송합니다.

교사는 부모님을 바라본다, 놀라서, 그리고 그는 그들이 아주 마음에 들었기 때문에 미소를 짓는다.

교사　농담을 참 재미있게 하시네요.

부모님도 교사와 함께 웃는다.

어머니　지금의 경우에는요, 선생님, 그 아이를 학교에 가라고 강요할 수 있는 사람은 아무도 없다고 말씀드려야 할 것 같습니다. 다른 애들의 경우라면 그렇게 할 수 있을지도 모르지만, 그 애만큼은, 안 돼요, 아무도 못 그래요.

교사는 부모님을 찬찬히 살핀다. 웃긴 선생님이다. 갑자기, 그가 소리 지르기 시작한다.

교사 도대체 왜 그 아이를 학교에 가라고 강요할 수 없는 겁니까? 도대체 왜요? 이게 무슨 시간 낭비인지……. 미쳐버리겠군요……. 내가 보수적인 사람이 된 건지……. (잠시 멈춤) 그러니까 어머님, 제가 어머님께 말씀드린 것 같은데요……?

어머니 죄송합니다, 선생님, 말씀은 들었어요…….

교사, 침착해져서, 즐거운 듯이.

교사 그러니까 우리는 더 이상 아이들을 강요할 수 없다는 건가요?

침묵. 부모님끼리 서로 흘깃 바라본다.

어머니 네……. 그러니까…… 그 애는 예외예요……. 그 애는 아주, 아주 크거든요. 아주아주 커요, 아주아주 힘이 세고.

아버지 그 애는 스무 살처럼 보이거든요, 열두 살인데요. 그러니까, 아시겠지요?

교사 그렇군요 맙소사…… 이게 대체 무슨 일이람…….

아버지 선생님께 말씀드리려는 것은…… 예를 들면, 우리는 그 애를 집 밖으로 데려 나올 수 없다는 겁니다. 물리적으로 불가능해요, 선생님.

긴 침묵. 세 사람은 의기소침해져서, 각자 딴 생각을 하고 있다. 침묵.

교사(피곤한 목소리로) 다른 건, 괜찮습니까?

어머니 괜찮아요. 선생님은요?

교사 그러니까…… 괜찮아야지요……. 달리 어쩌겠습니까?

부모님 그렇죠……. 괜찮아야지요. 네, 괜찮아요.

교사 그래야죠.

침묵, 교사가 무언가를 기억해낸다.

교사 지금의 경우에는, 아주 단순합니다. 그 애 주위에 아주 조그만 학교를 만들면, 아이가 거기에 있을 수밖에 없겠죠.

그들 셋은 웃는다. 그러고 나서 모두 다시 심각해진다.

어머니는 남편 쪽으로 몸을 돌렸다가 다시 교사 쪽을 향한다.

어머니 사실 그 애가 아주 크다고 말씀드렸지만 그것만이 아니에요……. 그 애의 논리가…… 좀 특별해요…….

교사는 다시 심각해진 척한다.

교사 아! 좀 심각하고 체계적으로 생각해봅시다. 나는 이것 말고도 할 일이 있어요, 56명이나 날 기다리고 있단 말입니다.

부모님 맙소사! 정말 많네요…….

교사 먼저, 아드님인 에르네스토는 왜 학교에 가기 싫은지 말했습니까?

아버지(잠시 멈춤) 마침…… 그랬어요. 그게 이해가 잘 안 가는 부분이에요. 그걸 아내가 말씀드리려던 겁니다. 그 아이가 이렇게 말했대요. 잘 들어보세요, 선생님. 모르는 걸 가르쳐주기 때문에 학교에 다시 가지 않을 거예요,라고 그 아이가 말했다는군요.

교사(생각하더니 말한다) 하나도 이해하지 못하겠네요.

이어서 세 사람은 다시 웃음을 터뜨린다. 그러고 나서 교사는 다시 말문을 연다.

교사 어쨌든 그 이야기는 참 이상하네요.

부모님 이상하고말고요.

침묵.

교사 그 아이는 어떤가요?

아버지는 약간 초조해진다.

아버지 아주 큽니다. 몇 번이나 되풀이해야 하는 건가요, 선생님. 어리지만 커요.

교사 죄송합니다.

어머니 머리가 갈색이고, 열두 살이에요. 큰 소리를 내지 않는다고 할 수 있지요.

교사는 생각한다. 부모님은 생각에 잠긴 그를 쳐다본다. 침묵.

교사   알겠습니다……. 야생동물을 길들이는 거나 마찬가지인 거군요…….

어머니   맙소사, 선생님, 그건 절대로 아니에요……. 그 아이는 그 무엇과도 비교할 수가 없답니다. 에르네스토가 어떤 아이인지는 파악할 수가 없어요……. 눈에 보이지 않는달까요……. 말하자면 아무것도 아닌 것 같다고 해야 할까요……. 문제는 내부에 있거든요……. 이해하시겠어요? 겉으로 보기엔 그렇게 보여요……. 커다랗게요……. 그렇지만 모든 차이는 내면에 있어요. 그 안에 응축되어 있는…… 이해하시겠어요, 선생님? 걔가 어떤 아이인지…….

아버지   선생님, 한눈에도 선생님은 이해하실 수 있는 분이란 걸 알겠어요……. 우리 아이의 일에 관해서는 뭔가 그런 체 하는 건 소용이 없답니다……. 아시겠죠…….

어머니(다시 말을 이어서)   아무 소용이 없어요, 아무것도요. 선생님…… 그 아이한테는 진실이 아닌 걸 믿게 할 수가 없어요. 그것은 불가능하답니다. 선생님…… 그리고 저는 그럴 바에는 차라리 그 애를 바로 죽이는 게 더 나을 거라고 생각해요…….

교사 뭐라고요, 어머님?

어머니 아무것도 아니에요, 선생님…… 아무것도……. 이제 그만 여기서 말을 마쳐야 할 것 같네요. 그 애 때문에 지금 전 눈물이 날 것만 같아요…….

교사 죄송합니다, 어머님…….

어머니 오히려 제가 더 죄송하지요, 선생님……. 선생님, 에르네스토를 그냥 내버려두세요.

교사는 아버지와 어머니를 쳐다본다.

교사 그 애를 어디다 그냥 내버려둔단 말인가요, 어머님?

어머니 걔가 있는 바로 그곳에요, 선생님.

침묵, 다시 모두 침착해진다.

교사 그것 말고는……. 에르네스토 그 애는 부모님께 근심을 안겨주나요?

부모님은 더 이상 겁먹지 않는다.

아버지 그렇게 말할 수는 없지요. 아닙니다.

아버지(어머니를 바라보며) 당신도 동의하지? ……그 애가 우리에게 근심을 준다고는 말할 수 없잖아…….

어머니 그렇게 말할 수는 없어요. 그 애가 근심을 주는 것은 아니에요…….

교사는 부모님의 말투에 전염된다.

교사 음식은요? 너무 많이 먹나요?

아버지 잘 먹는다고 말할 수 있지, 유지니아?

어머니 그러니까…… 양껏 먹는 편은 아니에요……. 아버지, 어머니, 동생들을 위해서 좀 덜 먹는 편이죠……. 그렇지만 잘 먹는다고 할 수 있어요…….

교사 에르네스토를 제게 데려와주실 수 있습니까?

침묵. 부모님은 다시 서로를 쳐다본다, 걱정스러운 듯이.

아버지 걔를 어떻게 하시려는 겁니까?

교사는 아버지에게 '남자 대 남자'가 말하는 식으로 이야기한다.

교사 그 애와 이야기를 하려고요. 그 애를 설득하고요. 기본적인 논리부터 되짚어보게 해야죠. 이야기하는 것, 모든 게 거기에 달렸습니다. 이야기하는 것. 문제를 풀어나가는 것. 그걸 해결하는 것.

아버지는 먼저 아무 말도 하지 않는다. 그는 어머니를 가리킨다.

아버지 선생님께서는 이 사람이 한 이야기를 하나도 이해하지 못하셨군요…….

교사 하나도요.

부모님은 다시 걱정스럽게 서로를 바라본다.

아버지(잠시 멈춤) 그 애를 가혹하게 대해서는 안 돼요, 선생님……. 가끔씩 그러고 싶은 마음이 들더라도요……. 왜냐하면 제 아내는 힘이 세고…… 아이를 건드리는 걸 못 참거든요…….

교사 알겠습니다.

침묵. 교사는 웃지 않는다. 그는 생각한다.

교사(부모님을 바라보며) 제가 어떻게 에르네스토를 보질 못했을까요? 그렇게 비정상적인 체격인데? 이해가 가질 않네요.

어머니 선생님께서 그 애를 다른 사람으로 착각하셨을 수도 있죠…….

교사 가능한 일입니다……. 혹시 그 애가 근시인가요?

어머니 아니요……. 전혀 그렇지 않아요, 선생님. 눈은 아주 맑답니다.

아버지와 교사는 똑같이, 갑자기 매료된 것처럼 어머니를 바라본다.

교사 부인 눈처럼 말씀인가요?

어머니 그렇습니다, 선생님.

침묵. 어머니가 눈을 내리깐다.

교사 제 생각에는 제가 그 아이를 비트리의 부랑아 중 하나로 착각한 것 같네요.

어머니 아, 그거예요. 이유를 더 찾지 마세요. 바로 그거예요…….

침묵. 공백. 그들은 서로를 바라본다. 교사는 잊어버린다. 그런 후 마침내, 교사는 말을 한다.

교사 부모님들께서는 어디 출신이신가요?

아버지가 어머니를 가리킨다.

아버지 이 사람은 코카서스 출신입니다. 그러니까…… 그쪽에서 왔고……. 저는 이탈리아에서 왔습니다. 포 계곡이 있는 곳……. 그렇지요. 몇 대 조상 때부터…… 포도 수확기에 오곤 했지요……. 그런데 선생님은요?

교사(단숨에) 센마리팀 지역, 코 지방 출신입니다. 브레 침식 분지에서 그렇게 멀지 않은 곳이지요. 아시나요…….

부모님은 서로를 바라본다. 모른다. 아무것도 모른다. 모른다는 걸 안다. 아무것도.

부모님은 계속 기다린다.

시간이 흐른다. 아무도 움직이지 않는다.

아버지 저희가 더 이상 필요하지 않으시죠, 선생님?

교사 아뇨, 아뇨, 그러니까, 아니에요.

시간이 또 흐른다.

교사는 완전히 입을 다물어버린다. 그 역시 보이지 않는 이야기를 향해 떠나버린다.

그런 후, 낮지만 맑은 목소리로, 교사는 알랭 수숑의 「알로, 마망, 보보 *Allo maman bobo*」라는 노래를 부르기 시작한다. 부모님은 놀란 채로 끝까지 노래를 듣는다. 시간은 또다시 흐른다. 그리고 아무도 움직이지 않는다.

그런 후, 교사가 잠든다.

부모님은 그가 자는 걸 바라본다. 그리고 마침내 일어난다. 그들은 아주 천천히 일어나고, 교사는 알아채지 못한다. 그들은 그대로 학교를 빠져 나온다.

아이들을 웃게 만드는 건 아버지였다.

저녁 식사 시간이었다. 아버지는 몇 마디의 말을 반복하고 있었다. 난로 연통 통통배 한 척이 떠다녀요**, 그리고 나는 마

---

* 1978년에 발매되어 대중적으로 큰 사랑을 받은 알랭 수숑의 노래. '여보세요, 엄마, 아야해요'라는 제목의 이 노래에서 수숑은 현대 사회의 난폭함에 부적응한 남성이 어린 시절로 되돌아가고 싶은 열망을 아이의 말투로 어머니에게 토로한다.

** 원서에는 'Comment vas-tu yau de poêle'이라고 쓰여 있다. 이는 'Comment vas-tu?(넌 어떻게 지내니?)'와 'tuyau de poêle(난로 연통)'이 합쳐진 언어유희로, 프랑스어에서 'famille tuyau de poêle(난로 연통 가족)'이라고 하면 근친상간을 뜻하기도 한다.

지막에 태어나지 않았어.* 무엇의 마지막? 그는 잊어버렸다.
벌써, 아버지가 그들을 웃길 무언가를 말할지도 모른다는 생
각이 아이들을 웃게 만들었다. 어머니가 등을 돌리고 있을 때
아버지가 짓는 표정은 아이들을 배꼽 빠지게 만들었다. 그는
어머니가 불가사의이며 동시에 재앙인 것처럼 바라본다.

또 아버지는 자기 자신도 어머니의 아이인 것처럼 행동했다.

아버지가 아이들을 웃기기 시작하면, 그 무엇도 웃음을 멈
출 수 없었다. 아이들을 웃기기 위해서 아버지가 무슨 짓을
하든, 아이들은 허리를 잡고 웃어댔다. 아버지가 아무것도 하
지 않아도 아이들이 그렇게 웃기는 마찬가지였다. 아버지가
웃기는 표정을 지으며—그 표정은 "더 줘"라는 걸 의미했다
—볶은 감자를 먹을 때에도 아이들은 웃곤 했다. 일단 그런
식이 되고 나면 아버지가 무슨 짓을 하든 모두들 허리를 잡
고 웃었다.

때때로 어머니는 특별히 아이들을 위해서 러시아 자장가,
「라 네바 *La Neva*」를 부르곤 했다. 어머니는 「라 네바」의 가사
를 거의 기억하지 못했다. 그래서 아버지는 엉터리 러시아어

---

* 프랑스어 중 '나는 마지막으로 비 내리던 날 태어났어'라는 표현을 가지고
  농담하는 대목. '나는 갓난애가 아니야', 즉 '나는 아무것도 모르지 않는다'
  를 의미한다.

로 다시 노래를 불렀다. 그러면 이번에는 어머니가 웃음을 터뜨렸고, 진짜 러시아어도 가짜 러시아어도 모르는 아이들도 웃음을 터뜨렸다. 이웃들이 이 식구 많은 집안에서 무슨 일이 벌어지는지 살피러 오기라도 하면, 그들 또한 식구들이 웃는 걸 보고 웃음을 터뜨리곤 했다.

어머니가 자장가를 부르며 식구들의 장난에 합세하는 그 순간들이 아버지와 아이들에게는 가장 커다란 행복에 도달하는 순간이었다.

그런 날 저녁이면 어머니는 아이들이 자신의 인생을 충만하게 만들어준다는 생각에 기뻤다.

아버지는 바로 그 순간, 어머니와 모든 아이가 웃고 또 웃을 때, 에르네스토가 했던 말, 그들이 비트리에 사는 사람들 중 가장 행복한 사람들이라는 말을 믿었다. 아버지의 행복은 곧 아이들의 행복이었다. 그는 말하곤 했다. "나는 행복해." 그러면 아이들은 또 허리가 끊어지게 웃었고, 그는 그 웃음 속에서 기쁨의 눈물을 흘렸다.

그러나 가끔 아버지는 그가 이탈리아 사람이라는 것, 포 계곡에서 왔다는 것을 떠올리곤 했다. 간혹 아버지는 이렇게 말하기도 했다. "혹시나 아직 모를까 봐 하는 말인데, 나는 포 계곡 출신이야." 그러고 나면 그는 느닷없이 이탈리아어로 말하기 시작했는데, 아이들이 알아들을 수 없는, 아주 빠르고 흉하고, 지독히 못생기고, 몹시 더럽고, 교육도 받지 못한 사람의 이탈리아어로, 그것은 마치 아버지의 인생이 끝나기라도 하는 것처럼 쏟아져 나왔으며, 그는 아이들을 줄줄이 낳기 전 가졌던 그 또 다른 생에 아직 남아 있는 무언가를 비워내는 것처럼 보였다. 그럴 때, 아버지가 미쳐버린 것 같은 모습을 볼 때면 아이들은 겁에 질렸고, 그에게 달려들어 다시 자신들을 알아볼 때까지 때리곤 했다. 나는요, 내가 누군지 아빠가 이야기해봐요. 너는 셋째구나. 아버지가 마침내 말했다. 너는 파올로야.

그렇지 않으면, 아버지는 아무 일도 하지 않는 사람이었다. 그랬다. 그리고 불평 없이 감자와 양파를 날마다 먹는 사람. 그는 부양가족 수당과 실업수당을 받았다. 어느 누구도, 어머니도, 이웃 누구 하나도, 아버지가 완전히 안착해 있는 지독한 게으름의 상태에 대해서 뭐라고 비난하는 사람은 없었다.

아버지는 아이들을 무척 사랑했지만 어머니가 세운 집안의 질서를 존중했다. 절대로 아이들은 멋대로 집에 들어오는 법이 없었다. 에르네스토와 잔만 제외하고. 아이들에게 저녁 식사 시간을 알리는 것은 아버지의 역할이었다. 아버지가 휘파람을 불면 아이들은 달려 돌아왔다. 어머니는 매일 아침 샤워를 하는 것과 마찬가지로 항상 손 씻기를 요구했다. 손을 씻고 나면 그들은 음식을 허겁지겁 먹었다. 어머니는 가끔 시장기를 느끼지 않았다. 아버지는 언제나 아이들과 함께, 아이들과 같은 식욕으로 밥을 먹었다.

비트리에 사는 사람들, 특히 여자들, 아이가 있는 엄마들은 그들에 대해 이렇게 말했다. "그 사람들은 언젠가 아이들을 내팽개칠 거예요." 또 사람들은 말하곤 했다. "참 안됐어요, 그렇게 예쁜 아이들인데…… 학교를 안 간다니…… 아무 교육도 받지 않고…… 입양 요구도 있었다는데 부모들은 아무것도 알고 싶어 하질 않아요…… 그 사람들은…… 국가 수당으로 먹고 살아요. 제 말 무슨 말인지 이해하시죠……?"

아이들은 이따금씩 거리에 떠도는 그런 소문을 들을 때가 있었다. 그럴 때면 에르네스토는 아버지가 확신하고 있는 그 말을 아이들에게 들려줬다. 떠들게 내버려둬. 에르네스토가 소리 질렀다. 우리는 비트리에서 가장 행복한 아이들이야. 에르네스토가 외치는 걸 들으며 아이들은 섬광 같은 행복을 느끼곤 했다. 그들의 몸속에서 야수처럼 펄쩍 뛰어오르는 행복을. 그리고 그 행복은 어떨 때는 너무 커서 두렵기까지 했다.

에르네스토와 잔은 시청에서 지어준 공동 침실과 부엌이 분리된 집의 공동 침실 쪽으로 열려 있는 복도에서 함께 자곤 했다. 그래서, 아이들은 잘 때에도 에르네스토와 잔과 같은 공간에 있는 셈이었기 때문에 그들이 곁에 있는 듯한 느낌을 받았다. 왜냐하면 어린 동생들이 두려워하던 것은 어머니에게 버림받는 것이 아니라, 어머니, 아버지, 그리고 다른 형제자매들과 헤어지는 것이었기 때문이다. 어떤 의미에서는, 아이들은 이미 버려져 있는 셈이었고, 그들은 그걸 알고 있었지만, 모두가 버림받은 상태 속에 다 같이 있다는 것 또한 알고 있었다. 서로 헤어진다는 것, 그것에 대해서 그들은 생각조차 할 수 없었다.

아이들은 자신들이 버림받은 존재란 걸 이해하고 있었다. 이해하지 않은 채로 그들은 이해하곤 했다. 버림받는다는 것이 무엇인지 이해하지 않은 채로, 그들은 그것을 이해했다. 어떤 의미에서 그것은 자연스러운 일이었다. 어떤 순간에 갑자기 아이들을 버리는 동작을 하는 것, 손을 펼치고, 놓는 동작을 하는 것, 그것은 자연스러운 일이었다. 그것들, 그들의 아름다운 구슬들을, 그들은 그렇게 잃어버리곤 하니까. 아이들이 어머니에게 매달리고, 놓고 싶어 하지 않는 것 역시 자연스러운 일이었다. 아이들은 머릿속에 아주 어린 시절의 영역을 지니고 있었다. 어둠의 영역, 명료하지 않고 분별되지 않는 두려움, 예를 들어 황량한 고속도로, 폭풍우, 컴컴한 밤, 바람. 바람이 어떤 때 뭐라고 하는지 가서 들어보렴, 뭐라고 소리 지르는지를. 아이들의 모든 두려움은 신으로부터 왔다, 거기로부터, 신들로부터. 모든 두려움은 신에게서 왔고, 생각하는 것은 그 두려움을 덜어줄 수 없었는데, 왜냐하면 생각하는 것 역시 두려움의 일부였기 때문이다. 아이들은 자신들이 내쫓기거나 버림받는 걸 받아들였다. 이의를 제기하지 않았고, 그냥 내버려두었다. 아이들은 어머니의 가혹함을 사랑했다. 그들은 어머니를 사랑했다. 어머니로부터 버림받는 걸 사랑했다. 그들의 두려움, 아이들의 두려움은 많은 부분 어머니 때문에 생긴 것이었다. 아이들은 에르네스토와 잔을 거의 아버지와 어머니만큼이나 사랑했지만 그들에 대해서라면 모든 것을 알고 있었고, 두려울 게 없었다. 어떠한 경우에도 에르네스토와 잔이 부모를 대신할 수는 없었다. 특히 어머니와 아버지가 아이들을 향해 화를 낼 때나—그것은 거의 맨날 일어나는 일이었다—아이들에게 그들이 도저히 찾아올 수 없는 먼 곳으로, 즉 희망 없이도 살 수 있는, 모든 것을 벗어던진 채 살 수 있는 그런 곳으로 영원히 떠나버릴 거라고 위협하곤 할 때면, 아이들은 아무리 에르네스토나 잔이라 할지라도 아버지와 어머니를 대신할 수는 없으리라고 생각했다.

그리고 또 한 가지, 아버지는 절대로 어머니를, 그들의 집이나 다른 어디에서도 오후 내내 혼자 있도록 내버려두지 않았다. 어디에서도 아버지는 도저히 어머니를 혼자 있게 내버려둘 수 없었다. 아버지는 어머니가 어딘가, 그러니까 비트리 항구 근처 어느 남루한 술집 같은 곳이면서 동시에 미지의 프랑스 동부, 독일 쪽으로 가는 어느 국경 지대쯤이거나, 어둑어둑하고 강이라고는 찾아볼 수 없는, 아버지가 생각하기에는 어머니가 떠나왔을 것이 분명한 동부 유럽 같은 곳처럼, 알 수 없는 어딘가로 달아나 영원히 자취를 감춰버릴지도 모른다는 두려움을 항상 갖고 있었던 것이다.

어머니 또한 아버지가 가지고 있는 그 두려움을 똑같이 느끼고 있었기 때문에—자기가 없으면 그가 곧 파멸하리라는 것을—그들은 오후 내내 그 부엌에서 서로가 서로를 지키듯 그렇게 함께 있었다. 그러나 그들은 틀림없이 그것을 깨닫지 못했으리라.

가끔, 특히 어떤 겨울날들에, 난폭하게 아이들이 그리워지면 아버지는 그들을 보기 위해 창고로 뛰어가곤 했다. 아이들이 외곽 도시 한가운데 떠 있는 비트리, 가볍고 연약하며, 갑자기 쉽게 허물어지기도 하고, 유년 시절이 각인되어 있는, 사랑스러운 그 도시의 주위로 망을 이루며 뒤얽힌 외곽으로 사라진 뒤에야 너무 늦게 도착하는 거면 어떻게 하나 하는 갑작스러운 불안을 느끼면서. 그러나 겨울철이면 아이들은 추위와 바람, 두려움 때문에 거의 언제나 창고에 그대로 있었다. 그리고 거기에서 아버지는 또다시 아이들이 방치되어 있음을 보곤 했다. 그 창고는 방치의 공간이었고, 방치의 책임은 그에게 있었다. 이따금 아버지는 울면서 왜 우는지를 이야기하기도 했다. 왜냐하면, 그는 말하곤 했다. 그는 아이들을 무척 사랑하지만—아버지는 그걸 알고 있었다—남들이 사랑해줄 수 있는 만큼 사랑할 수는 없었기 때문이다. 그는 그것이 그들의 어머니, 시베리아 기차에서 만나 그가 줄 수 있는 사랑을 모두 다 가져가버린 그 여자 때문이라고 말했다. 아이들은 아버지가 그런 식으로 말하는 것을 절대 믿지 않았지만 그는 평생 동안, 시베리아 열차에서의 그날 밤보다 훨씬 이전부터, 그가 미치도록 사랑해온 그 여자를 탓하지 않을 수가 없었다. 물론 아버지는 알고 있었다. 자신의 아이들을 사랑하는 것이, 어떤 한 아이, 한 사람을 사랑하는 것과 똑같지 않다는 것을. 하지만 그의 아이들은 보편적 사랑에 대한 노스탤지어를 불러일으키곤 했는데, 그것은 그가 한 여자에 대한 압도적인 편애, 영속적인 욕망을 품었던 순간 이래로 결코 도달할 수 없는 감정이란 걸 이제는 알고 있기 때문이다. 게다가 그 여자는 아이들의 아버지이기도 한 한 남자로부터 이런 식으로 사랑받는다는 것에 분개했다. 그녀는, 오직 그녀만이 누구든 다른 이로부터 그런 식의 열렬한 사랑을 받을 자격이 없다는 것을 알고 있었기 때문이다. 그것이 아버지가, 어느 날, 가장 아름다운 날에, 아버지를 떠날 것이라고 기회가 될 때마다 말하는 그 여자를 잃을지도 모른다는 두려움에 사로잡혀 사는 이유였다. 아버지는 그 말이 사실이라는 것을 알았고, 그토록 긴 세월이 흐른 후에도 여전히 그것이 변함없이 사실이라는 걸 알았다. 에르네스토 역시 그것을 알았다.

그렇게 아버지는 한결같은 열정으로, 결국 어머니를 아버지로부터 도망치게 만들고, 그래서 언젠가는 자신을 절망으로 죽게 만들고 말 그런 열정으로 어머니를 사랑했다.

그 여인을 그토록 사랑스럽게 만드는 한 가지는 그녀가 자신의 매력에 대해 하나도 알지 못한다는 것이었다. 어머니의 매력이 어머니가 자기 자신에 대해 모른다는 데서 오는 한, 어머니를 사랑하는 일은 절망이었다. 아버지가 견딜 수 없었던 것은 그녀에 대한 열정을 품은 채 홀로 그녀 앞에 서 있는 것이었고, 그 열정에 대해서 말할 수조차 없는 것이었다. 아이들은 이 여인, 그들의 어머니에 대한 아버지의 슬픈 운명을 어렴풋이 예감하고 있었다.

한번은, 남동생들 중 큰 아이가 아버지에게 말했다. "아빠가 시베리아 기차에서 엄마를 만났다는 건 사실이 아냐. 아빠가 엄마를 알지도 못했을 때, 다른 사람이랑 엄마가 만난 거야. 아빠는 말도 안 되는 소리를 해." 아버지는 대답하지 않았다, 아무것도. 그렇지만 그 후로 아버지는 어머니의 끔찍한 배신에 대해서 더 이상 말하지 않았다.

한번은, 아주 오랜 시간이 흐른 후, 아버지가 에르네스토에게 동생들을 즐겁게 해주기 위해서 자신이 거짓말을 했다고 말한 적이 있다. 에르네스토는 아버지를 믿었다.

아이들에게 또 한번의 여행에 대해 이야기한 후, 어머니는 잔과 대화를 나누었다. 아버지에게 그 시베리아 밤 기차에 대해 이야기를 했던 것은 그들이 알게 된 지 얼마 되지 않아 서로를 간절하게 원하던 시절이었다고, 어머니는 말했다. 몇 달 동안 그 이야기는 그들의 욕망을 더욱더 불타오르게 했다. 그리고 어머니는 주저하면서 말했다. 욕망은 더욱더 위험해졌지.

그것은 아버지가 그 일로 어머니의 성격을 규정짓고, 어머니 스스로를 창녀라고 믿게 만들 때까지, 어머니를 죽이고, 그들의 사랑을 죽이고 그다음 스스로를 죽이고 싶어질 때까지 기차 이야기를 곱씹어 더럽힌 이후였다. 더 이상 아무것도 아버지에게는 중요하지 않았다. 아이들조차도.

그러고 나서 어느 날 아버지는 다시는 그것에 대해 말하지 않았다.

종종 창고 안에는, 아버지의 아이들이 아닌 다른 아이들이 와 있곤 했다. 그중에는 제 어머니를 부끄럽게 만드는 아이들뿐만 아니라 부잣집 아이들도 섞여 있었다. 그렇지만 아버지가 오면, 아버지의 아이들이건 다른 집의 아이들이건 모든 아이는 행복해했다. 그리고 아버지가 그들 앞에서 울 때조차 아이들은 '불행해하는' 아버지를 바라보는 고통 속에서도 행복하다고 말하곤 했다. 아버지는 그런 사람이었고, 그렇게 사는 사람이었다. 아이들과의 강한 유대 속에서, 아이들의 무시무시한 사랑 속에서.

부모님은 교사를 두려워했다. 에밀리오는 국가로부터 위임받는 모든 권한은, 그것이 아무리 무해한 것이라도, 사실상 법적 구속력이 있다고 믿었다.

아버지가 그걸 어찌나 굳게 믿고 있던지, 어머니도 그것을 믿게 되었다.

그래서 그들은 교사가 에르네스토를 데려오라고 요구한 이상, 아이를 교사에게 데려가기로 했다. 왜냐하면 모두가 교사의 말을 믿기 때문이다. 만일 교사가 그들을 나쁜 사람이라고 비난하면, 사람들은 사실을 정확히 확인하지도 않고 그의 말을 그대로 믿어버릴 것이다. 그는 학교와 기자재, 학생들 전부를 책임지는 사람이었고, 아이들을 가르치는 선생이었으니까. 장점은 그가 자신이 믿고 싶은 것을 믿을 수 있다는 것이었다. 만약 그가 에르네스토를 더 이상 학교에 보낼 필요가 없다고 판단한다면, 그는 그렇게 결정할 수 있을 것이다. 이런 기회를 놓치면 안 돼, 나타샤.

부모님이 도착했을 때 교사는 이미 거기, 커다란 교실에 있다. 그는 학생용 의자에 앉아 있다. 교사는 미소를 짓고 있다.

아버지와 어머니, 에르네스토가 들어간다. 그리고 안녕하세요, 선생님. 안녕하세요. 안녕하세요. 안녕하세요, 어머님. 안녕하세요, 아버님. 교사가 대답한다.

교사는 그들을 본다. 그는 그들을 잊고 있었다. 놀란 듯한 기색이다. 그는 그들이 여기에 뭐 하러 왔나 자문한다. 그러고 나서 갑자기, 교사는 에르네스토를 보는 순간 기억해낸다. 교사와 에르네스토가 서로 쳐다본다.

교사 자네가 에르네스토 군인가?

에르네스토 그렇습니다, 선생님.

침묵.

교사는 에르네스토를 아주 주의 깊게 바라본다. 그는 에르네스토가 기억나기도 하고, 기억나지 않기도 한다.

에르네스토 저는 교실 뒤편 맨 끝자리에 있었습니다, 선생님.

교사 그렇군, 그렇군, 자네를 알아보지는 못하겠지만……
동시에…….

에르네스토 저는 선생님을 알아볼 수 있습니다.

어머니는 아이의 당돌함을 사실은 자랑스러워하면서도 속마음을 감춘 채 미안하다는 듯 에르네스토를 가리키며 말한다.

어머니 보세요, 아이가 이렇다니까요, 선생님.

교사 그렇군요.

교사는 미소 짓는다.

교사 그러니까 자네는 배우는 걸 거부한다지?

대답하기 전에 에르네스토는 오랫동안 교사를 쳐다본다. 아, 에르네스토는 얼마나 다정한지…….

에르네스토 그렇지 않습니다, 선생님. 배우는 것을 거부하는 게 아니라 학교에 가는 것을 거부하는 거예요.

교사 왜지?

에르네스토 말하자면 소용이 없기 때문입니다.

교사 무엇이 소용없다는 건가?

에르네스토 학교에 가는 것요. (잠시 멈춤) 그건 아무 쓸모가 없어요. (잠시 멈춤) 학교의 아이들, 그들은 버려진 아이들이에요. 어머니는 아이들이 버려졌다는 걸 배우게 하기 위해서 학교에 보내죠. 그런 식으로, 아이들을 자신의 남은 인생에서 떼어버리는 거죠.

침묵.

교사 에르네스토 자네는 배우기 위해서 학교가 필요하지 않았나……?

에르네스토　그렇습니다, 선생님. 학교에서 저는 모든 걸 깨달았어요. 집에서 저는 어리석은 어머니가 늘어놓는 이야기들을 믿었어요. 그러다 학교에서 진실을 마주하게 된 것이죠.

교사　말하자면 어떤 진실?

에르네스토　신의 부재요.

긴 침묵이 가득 차오른다.

교사　세상은 잘못되어 있네, 에르네스토 군.

에르네스토(침착하게)　네, 선생님도 아시죠, 세상은 엉망이에요.

교사가 짓궂게 미소 짓는다.

교사　다음번엔 나아지겠지…… 이 세상은…….

에르네스토　이번 세상은, 아무 소용이 없다고 해두죠.

에르네스토가 교사를 보며 웃는다.

교사　그러니까, 내가 잘 이해했다면 자네 말은 학교에 가는 것 역시도 소용이 없다는 거지?

에르네스토　그것도 소용이 없어요, 선생님. 바로 그거예요.

교사　왜 그렇게 생각하나?

에르네스토　왜냐하면 고통받을 필요가 없으니까요.

침묵.

교사　그러면 우리는 어떻게 배우지?

에르네스토　배우고 싶을 때 배우지요, 선생님.

교사 그러면 배우고 싶지 않을 때는?

에르네스토 배우고 싶지 않을 때는 배울 필요가 없지요.

침묵.

교사 자네는 어떻게 알게 되었나, 에르네스토. 신의 부재를 말이야.

에르네스토 잘 모르겠어요. 어떻게 알게 됐는지 저도 잘 모르겠어요. (잠시 멈춤) 어쩌면 선생님과 마찬가지겠지요.

침묵.

교사 배우지 않는다면, 자네 같은 경우에는 어떻게 알게 되지?

에르네스토 아마 달리 어떻게 할 방법이 없으니까 알게 되는 거겠죠, 선생님……. 어떻게 그런 일이 벌어지는지, 한때는 저도 알았을 거예요. 그런데 그러고 나서 잊어버렸어요.

교사 그걸 알았을 거라는 건 무슨 뜻인가?

에르네스토가 소리를 지른다.

에르네스토 어떻게 알 수 있겠어요, 선생님. 선생님도 모르시면서요……. 선생님께서는 아무렇게나 말씀하시고 있는 것 같아요……

교사 미안하게 됐네, 에르네스토 군.

에르네스토 아녜요. 제가 죄송합니다, 선생님…….

아버지 아니 이 애가 왜 이러지? 저런 생각들은 도대체 어디서 나는 걸까.

어머니 끼어들지 마, 에밀리오.

아버지 안 끼어들어…….

침묵.

교사와 에르네스토, 그들은 부모님의 말을 듣고 미소를 짓는다. 갑자기 교사는 자신의 역할을 기억해낸 것처럼 소리를 지른다.

교사(소리 지르며) 교육, 그것은 의무야, 학생! 의무.

에르네스토(상냥하게) 어디서나 그렇지는 않습니다, 선생님.

교사 여기, 우리는 여기에 있어. 여기, 여기는 여기야. 여기는 어디서나가 아니라, 여기지.

에르네스토(친절하게) 똑같은 말을 두 번 해야겠네요, 선생님……. 어디서나라는 건 어디서나라는 거죠. 여기도 어디서나에 포함돼요, 아시겠어요…….

교사 자네 말이 맞네.

침묵. 또다시 교사와 에르네스토 사이에 흐르는 합의, 의견 일치. 부드러움.

교사 그것 말고는 잘 지내나?

에르네스토 잘 지냅니다.

교사 그런데 여동생은? 자네 여동생은 학교에 다니고 있지? 아니면 내가 잘못 알고 있는 건가?

에르네스토 제 여동생은 학교에 다니고 있습니다 선생님. 잘못 알고 계신 게 아니에요⋯⋯. 나흘째지요.

교사 아주 예쁜 소녀지⋯⋯.

아버지 그 이야기라면⋯⋯.

침묵. 부드러움. 에르네스토가 주머니에서 풍선껌을 꺼낸다.

에르네스토 껌 하나 드시겠어요, 선생님?

교사 좋고말고⋯⋯. 고맙네, 에르네스토 군.

에르네스토는 부모님과 교사에게 풍선껌을 건넨다. 그들은 풍선껌을 씹는다.

어머니(아주 슬퍼하며) 어떻게 됐는지 좀 보세요⋯⋯ 이렇게 똑똑한 아이가⋯⋯.

어머니는 웃지 않는다.

에르네스토(웃으며) 아니에요, 엄마. 전 바보가 아니에요. 바보가 되지도 않을 거고요. 제가 왜 바보가 되겠어요?

어머니 ⋯⋯다른 아이들 때문에 하는 말이다. 네가 바보가 아니라는 건 내가 잘 알지.

침묵. 어머니는 에르네스토와 함께 웃는다. 이윽고 교사도 갑자기 그들과 함께 웃는다.

아버지　이건 당신이 그렇게 괴롭게 생각할 문제가 아니야. 당신은 우리 문제만 좋은 방향으로 생각하면 돼, 나타샤.

어머니　나는 우리 문제에 대해서 여러 방향으로 생각하려 노력하고 있어.

아버지　내가 보기에 당신은 어떤 노력도 하고 있지 않아.

어머니　내 눈에는 노력한 것 같은데.

에르네스토　맞아요. 엄마는 노력했어요, 전 알아요. 지금은 선생님 때문에 안 그런 척하고 있지만, 엄마는 애쓰고 있어요.

침묵. 그들은 서로를 바라본다. 그러고 나서 눈을 떨군다.

교사　당신들은…… 정말, 정말…… 실례합니다……. 정말…… 좋은 분들이군요.

어머니와 아버지는 영문을 몰라 서로를 바라본다.

아버지　선생님, 그건 아니에요……. 죄송합니다. 우리는 우리가 어떤 사람인지 잘 모르지만, 좋은 사람, 그건 아니라고 생각하는데요…….

에르네스토　그런 건 상관없어요.

교사　맞습니다. 그런 건 상관없습니다.

침묵. 그들은 서로를 바라본다.

교사(웃으며)　당신들은 무척 이상한 분들이시기도 하고요…….

어머니 얘가 이러니 우리는 도대체 어떻게 될까요? 일곱. 우리는 아이가 일곱 명이나 있어요! 그리고 저는 매일 죽고 싶은걸요⋯⋯. 아시겠어요⋯⋯.

교사(깊이 생각하며) 네⋯⋯. 그렇지만 이 아이는 좀 특이한 경우입니다.

아버지(화해하려는 듯이) 그렇죠, 아시다시피⋯⋯.

침묵. 그들은 모두 풍선껌을 씹는다.

교사 그러니까 우리는 지금 자기가 아는 것만 배우고 싶어 하는 아이 앞에 있는 겁니다.

아버지 그렇습니다.

어머니 아니에요. 이 아이는 결코 그렇게 말한 적이 없어요. 이 아이는 모든 걸 배우고 싶어 해요, 모든 것을요. 그렇지만 자기가 모르는 것, 그것을 배우고 싶어 하지 않을 뿐이지요.

조금 뒤늦게, 에르네스토와 그들 모두는 웃기 시작한다. 그리고 그들은 웃기를 멈춘다. 그리고 다시 웃기 시작한다. 그리고 또다시 웃기를 멈춘다. 그리고 에르네스토가 일어난다. 그러자 교사가 말한다.

교사 어쨌든 얼마나 아름다운 봄날인가요. 그렇지 않습니까?

어머니 사람들은 항상 그렇게 생각하지만 언제나 똑같을

뿐이에요, 선생님.

에르네스토　이제 가야겠어요, 선생님. 동생들이 근처 어딘가에서 놀고 있거든요. 제가 그 애들을 데리러 가야 해요. 실례하겠습니다, 선생님. 이제 제게 더 할 이야기는 없으시지요?

교사　그러니까…… 없네…… 없어……. 해야 할 일을 하게, 에르네스토 군…….

에르네스토　고맙습니다. 안녕히 계세요, 선생님.

교사　잘 가게, 에르네스토 군. 아마 또다시 만날 날이 있겠지?

에르네스토는 미소 짓는다.

에르네스토　아마…… 그럴 거예요.

에르네스토는 나간다. 교사는 부모님과 남아 있다. 그들은 서로 미소 짓는다.

교사　이건 정말 조금도 과장하지 않고 말하건대, 예상치 못한 상황이네요. 언제나 이런 일이 있는 건 아닌데……. 신선하네요.

어머니　선생님도 마찬가지예요. 선생님도 예상이 안 되는 분이에요. 저는 한 번도, 어떤 선생님도…… 선생님처럼 웃을 거라고는 생각해본 적이 없어요……. 죄송합니다, 선생님.

어머니는 교사를 향해 미소 짓는다. 그리고 교사는 갑자기 어머니의 아름다움을 깨닫는다. 그는 당황한다.

아버지   그렇지만 그건 그렇고요, 선생님……. 이 아이들을 어떻게 해야 할까요……. 나중에요…….

교사   아버님이 하실 일은 아이들이 하는 대로 그냥 내버려두는 겁니다.

부모님은 그대로 있다. 말을 하지 않는다. 교사는 행복하고 부모님 역시 이 교사와 함께 거기에, 편안한 마음으로 있다.

교사   만나 뵙게 되어 좋네요……. 저는 기쁩니다.

침묵. 부모님은 이해하지 못했다. 그들은 교사에게 대답하지 않는다.

어머니   이제 에르네스토를 보셨으니, 선생님께 여쭙고 싶은 게 있어요…….

교사   말씀하세요, 어머니…….

어머니   어쨌든 저 아이도 어느 날엔 읽을 줄 알게 되겠죠? 다른 아이들처럼 행동하고 먹고 마시고요?

교사는 심각해진다. 그는 아주 신중하게 대답한다.

교사   틀림없습니다, 어머니. 틀림없어요. 정말 그렇고말고요.

어머니는 감동받는다. 아버지는 상황을 이해하지 못한다.

어머니(낮은 목소리로)   친절하시네요, 선생님, 정말로…….

시간이 흐른다. 어머니와 교사는 같은 감정을 느낀다. 교사는 어머니가 자신이 한 말의 진정성을 포착했다는 걸 이해한다.

시간이 또 흐른다. 아무도 움직이지 않는다. 이윽고 아버지가 말한다.

아버지 더 이상 저희에게 하실 이야기가 없으시죠, 선생님……

교사(확신할 수 없고, 아직 감동이 남아 있는 채로) 아니요, 아버님, 아니요. 그러니까 없습니다.

시간이 흐른다.

이윽고 교사가 알랭 수숑의 「알로, 마망, 보보」를 또다시 흥얼거리기 시작한다.

그리고 부모님은 그가 노래 부르는 것을, 처음 그랬던 것처럼 즐거운 마음으로 듣는다.

그리고 나서 교사는 노래 부르는 걸 마치고, 부모님을 잊어버린다. 그리고 또다시 그는 잠이 든다.

아버지와 어머니는 마치 잠든 아이를 보듯이 잠든 교사를 바라보며 미소 짓는다.

부모님은 교사의 잠을 방해하지 않기 위해 조용히 일어난다.

그리고 그들은 교실에서 나와 텅 빈 운동장을 가로지른다.

그러나 이번에는 행복감에 젖어 시내로 향한다.

부엌 안.

오후다.

아버지와 잔은 길 쪽을 바라보며 의자에 앉아 있다.

아버지는 마음이 무너져 내리고 있는 것처럼 보인다.

아버지 에르네스토는 더 이상 학교에 가지 않을 거다. 너도 알지……?

잔의 침묵.

아버지 한 번 더 갔지만, 그다음엔 끝났어. 선생님도 잘됐다고 그렇게 말씀하셨다…….

잔은 아버지를 바라보지 않는다.

아버지 내가 너에게 하고 싶은 말은…….

잔은 아버지의 이야기를 듣지 않고, 움직이지도 않는다.

아버지는 조용히 운다.

아버지 마음이 죽을 것처럼 아프구나…….

잔은 더 이상 듣지 않고, 움직이지도 않는다.

아버지 내가 너에게 물어보고 싶은 것은…… 너도 더 이상 학교에 가지 않을 거냐?

잔 안 가요. 아시면서 왜 물어보시는 거예요?

아버지 네가 말해줬으면 해서.

아버지의 부드러움. 신중함.

아버지 언젠가는 이런 일이 생기리라고 예상은 했었다.

침묵.

잔 무엇을요?

아버지 붕괴.

잔(소리 지르며) 붕괴가 나쁜 것만은 아니에요.

침묵.

아버지는 못 들은 척한다.

아버지 에르네스토를 그리워하는구나……. 그런 거지…….

잔은 대답하지 않는다. 아버지는 긴 푸념을 늘어놓듯 계속 이야기한다.

아버지 그 애를 알게 된 사람들은, 그 애와 멀어지면 그리워하게 되지……. 얼마나 사랑스러운 아이냐…….

잔은 아버지가 우는 걸 바라본다. 그녀는 울지 않는다.

아버지 너는 몇째지?

잔 저는 잔이에요.

아버지 셋째구나…….

잔 아뇨, 둘째예요. 저는 에르네스토만큼 나이를 먹었어요.

아버지 너는 학교에서 어떻게 나왔니?

잔 일어났고, 교실에서 나왔어요. 그리고 천천히 운동장을 가로질렀어요. 교장 선생님이 운동장을 지키고 계셨는데, 저를 보고 미소를 지으셨지만 아무 말도 하지 않으셨어요. 저는 나왔어요. 그리고 뛰었어요.

아버지   놀랍구나…….

침묵.

잔은 밖을 바라본다. 에르네스토가 부엌 앞을 지나간다.

잔   저기 그 유명한 우리 오빠가 지나가네요.

침묵. 잔은 에르네스토가 지나가는 걸 본다. 아버지는 잔을 본다. 바로 그때 아버지는 갑자기 닥친 두려움을 느낀다.

여기에 왔으니, 오빠가 곧 저를 찾을 거예요, 잔이 말한다. 아이들이 있는 공동 침실로 가고 있어요. 보세요…… 다시 나왔어요. 길을 되돌아오고 있어요…….

그는 마당을 반대 방향으로 가로지를 것이다. 그다음 창고로 갈 것이다.

저기 가고 있어요, 보세요, 잔이 말한다.

아버지는 움직이지 않는다. 아버지는 딸을, 그녀만을 바라본다. 그가 잘 알고 있는 이 얼굴. 오빠를 바라보는 그녀의 눈에는 이제 미지의, 억누를 수 없는 섬광이 빛나고 있다.

잔은 계속 말한다. 오빠는 창고를 지나 고속도로까지 갈 거예요. 나를 찾을 때까지 갈 거예요. 밤새워서라도, 나를 찾을 거예요.

침묵. 잔은 입을 다문다. 잔은 잠에서 깨어나는 것처럼 보인다.

잔 어머니는 어디 계세요?

아버지 모르겠다. 더 이상 모르겠어.

잔 선생님을 만나고 나서부터예요.

아버지(주저하며) 그때부터 네 엄마는 더 이상 아무것도 알고 싶어 하지 않더구나. 엄마는 에르네스토가 언젠가 우리를 떠날 거라고 해. 그럴 바엔 차라리 죽는 게 낫다고 하더라.

아버지는 운다.

아버지 넌 어떻게 생각하니, 얘야?

잔 저도 엄마생각이랑 같아요. 에르네스토는 그렇게 할 수밖에 없을 거예요.

침묵. 아버지는 울고 있다. 잔은 에르네스토가 창고에 들른 후 다시 지나게 될 길을 무심히 바라보고 있다.

아버지 그 애가 네게 말했니?

잔 아뇨. 오빠는 몰라요.

아버지 네가 오빠 대신 알고 있는 거구나.

잔 네, 오빠는 우리를 떠날 거예요. 모든 걸 두고 갈 거예요.

아버지는 잔을 바라보지 않는다.

아버지 그 애는 너와 헤어지진 않을 거야, 만약 너를 내버려 두고 간다 해도, 너와 헤어지지는 않을 거다…….

잔   모르겠어요. 어떻게 말해야 좋을지 모르는 것들이 있
잖아요.

침묵.

아버지   너도 슬프니?

잔은 갑자기 웃으면서 눈물을 흘린다. 그녀는 소리 지르며
말한다.

잔(소리 지르며)   아버지는 아무것도 이해 못하시는 거예요?
저한테 이건 행복이에요……. 아, 끔찍해요……. 이건 미칠 듯
한 행복이라고요.

아버지는 형태 없는 비명 같은 소리를 내지른다.

아버지   그 아이와 함께 떠나지 못한다는 사실 때문에 네
가 죽을지라도 말이냐……?

잔   그렇더라도…… 이건 행복이에요.

더 이상 듣지 않으려는 듯 아버지는 겁에 질려 황급히 나가
버린다. 잔이 에르네스토에 대해 느끼는 그 행복감으로 흐느
껴 우는 동안, 아주 낮은 목소리로 에르네스토의 이름을 부
르는 동안에.

잔과 에르네스토가 공유한 그 행복감으로 인해 집안에는 어떤 혼란이 자리 잡았다. 아버지는 어머니와 아이들로부터 스스로를 고립시킨다. 그는 시내의 카페를 전전하며 흐느껴 울 것이다. 그는 울기 위해 창고에 몸을 숨기기도 할 것이다. 고속도로를 따라 난 덤불숲 속에 누워서도 울 것이다.

잔은 바로 거기로 아버지를 찾으러 갔다. 그는 울다가 잠들어 있었다.

잔은 잠들어 있는 아버지 앞에 말없이 앉았고, 그는 잠에서 깨어났다. 아버지는 조금 부끄러웠고, 잔에게 사과했다. 그는 그 옛날 아버지와 어머니가 젊었던 언젠가, 아버지가 어머니 때문에 고통스러워했던 때만큼 마음이 괴롭다고 잔에게 말했다. 그는 또한 잔이 그의 고통에 신경 써서는 안 되며, 어머니로 인한 고통이 그랬던 것처럼 지나갈 것이라고도 말했다.

아버지는 시내에 갔던 것이 틀림없었고, 술에 취해 있다. 그는 잔이 온 힘을 다해 자신이 느끼는 끔찍한 행복에 대해서 고백했을 때처럼 겁에 질려 잔을 바라본다. 그는 그녀를 바라보다가 죽기라도 할 것처럼 힘들어 보인다. 그는 딸에게서 다른 사람은 결코 보지 못하고 그만이 볼 수 있는 무언가를 본다. 그녀가 모르는 채로 치르고 있는 무섭고 찬란한 유년 시절의 초상(初喪).

너는 네 엄마처럼 아주 강하구나, 아버지는 말했다. 엄마랑 꼭 닮았어.

잔은 미소를 지었다.

바람이 멈췄다. 고속도로를 지나는 자동차들이 한결 줄었다. 가로등의 불빛은 검은 시멘트 바다 위로 떨어지고, 잔은 그것을 바라본다.

이윽고 아버지가 눈을 감고, 한 여인의 이름을 아주 낮은 소리로 불렀다.

―앙카 리숍스카야.

이번에는 잔이, 아버지 얼굴 위로 떠오르는 미지의 남자로 인해 겁에 질려 고개를 들었다. 그녀는 아버지의 손 위에 올려 놓았던 자신의 손을 거둬들였다. 그는 움직이지 않았다. 그가 계속 말했다.

―너는 앙카 리숍스카야처럼 예쁘구나. 그녀처럼 강하고.

잔이 소리를 질렀다.

―그게 누군데요?

―스무 살 적의 네 엄마.

잔은 어머니의 이름을 처음으로 발음해보았고, 인생을 경애하는 마음으로 아버지와 함께 울었다.

부엌 안. 밖에는 체리 나무. 에르네스토는 창가에 서 있다. 한여름의 강한 햇빛이 내리쬔다. 어머니는 밖을 응시하고 있다. 에르네스토는 어머니의 맞은편으로 다가가 어머니 앞에 앉는다.

어머니 선생님이 오셨었단다. 너와 이야기를 하고 싶어 하셔.

에르네스토는 답을 하지 않는다.

어머니 선생님께서 깊이 생각해봤다고 하셨단다……. 네 주장은 말이 안 된다고.

에르네스토 제가 주장을 하고 있다고요? 저는 주장하는 게 아무것도 없어요…….

어머니 오늘 좀 화가 나 있구나, 에르네스토.

에르네스토 조금요.

어머니 여전히 신에 대한 문제 때문이니?

에르네스토 여전히요.

침묵.

어머니 만약 모든 학생이 학교를 떠난다면 선생님은 짐을 싸고 떠날 수밖에 없다고 하시더구나.

에르네스토 모든 아이가 학교를 떠난 건 아니에요. 학교를 떠나는 건 저예요.

어머니 너는 나한테도 화가 났구나, 블라디미르야.

에르네스토 그래요. 엄마한테도 화났어요.

침묵. 에르네스토가 무한히 부드러운 어조로 말한다.

에르네스토 엄마를 탓하려고 이런 말을 하는 건 아니에요. 엄마는 원하시는 만큼 저를 난처하게 할 수도, 원하시는 만큼 바보처럼 행동하실 수도 있어요. (잠시 멈춤) 저는 쓸데없이 이런 소리를 하고 있네요.

침묵.

어머니 너는 왜 나를 그런 식으로 사랑하는 거니, 에르네스토. 정말 성가시구나.

침묵. 그들은 서로를 바라본다.

에르네스토 저도 잘 몰라요. 아마도 제가 어머니를 아주 잘 알기 때문이겠지요……. 저는 어머니를 그 무엇과도 비교할 수 없어요. 어머니는 이 세상 누구보다 월등히 나은 사람이에요.

어머니 잔보다도.

에르네스토 똑같이요. 엄마가 말하기 전에는 깨닫지 못했네요.

어머니 나는 그렇게 순진무구하지는 않단다, 에르네스토. 거기에 속아선 안 돼.

에르네스토 그것도 알고 있어요. 엄마는 나쁜 사람이기도 하죠.

어머니   그래. 나 역시 그렇게 생각하고 있단다. 나한테는 언제나 모든 도덕적 자질이 상관없었어. 알고 있지……? 내가 원하는 것은 물질적인 것들이라는 걸.

에르네스토와 어머니는 동시에 울면서 웃는다.

에르네스토   좋은 자전거요? 그런 거?

어머니   그래. 좋은 자전거. 그다음엔 다 괜찮아지지. 좋은 냉장고. 좋은 난방 기구. 그다음엔 돈. 그렇지만 나는 아무것도 가진 게 없지. 내 일생에서 좋은 것이 있다면 너, 너 하나뿐이란다, 에르네스토.

에르네스토   어릴 땐 내가 나이를 먹으면 엄마를 위해 물질적인 것들을 다 구해다줄 수 있을 거라고 생각했어요. 하지만 저는 더 이상 그렇게 생각하지 않아요. 부모님을 따라잡을 수는 없으니까요.

침묵.

어머니   난 인생에 그다지 관심이 없단다……. 한 번도 인생이 내 관심을 끈 적이 없어……. 너도 알고 있었지, 에르네스티노?

에르네스토   엄마라면 그럴 거라고 언제나 짐작하고 있었어요, 그래요…….

침묵.

에르네스토 엄마, 전 너무 속상해요. 우리가 부모님에게 뭔가를 줄 수 있을 때, 부모님은 너무 나이가 들고, 그 무엇도 신경 쓰지 않게 되죠…… 결국 부모 자식 사이엔 언제나 모든 것이 늦을 뿐이에요…… 엄마, 전 엄마에게 말씀드리고 싶었어요. 엄마와 저 사이에 있는 차이를 따라잡기 위해 일부러 빨리 자랐다고요, 아무 소용이 없었지만…….

어머니는 이 놀라운 아이, 에르네스토를 바라본다.

어머니 네가 아주 커버린 것은 사실이구나, 에르네스티노…….

에르네스토 제가 원하기만 하면 사람들은 저를 마흔 살쯤 된 철학자로 본다니까요. 제가 원하면 그렇게 돈도 벌 수 있어요. 더 이상 두려움을 느낄 필요가 없어요, 엄마…….

어머니 그렇게 생각하니…….

에르네스토 네.

침묵. 에르네스토는 어머니에게서 시선을 거둔다.

에르네스토 그런데 동생들은 어디 있어요?

어머니 서커스에 갔구나, 가엾은 아이들.

에르네스토 정말 가엾긴 하죠.

어머니 그래.

침묵.

어머니   잊어버렸던 거니?

에르네스토   조금요.

어머니   너는 왜 서커스에 안 가니?

에르네스토   서커스에 흥미를 느껴본 적이 한 번도 없으니까요, 엄마······. 엄마한테 언젠가 한번은 그걸 말하고 싶었어요.

어머니   그래서 네가 사자만 보면 좋았구나······.

에르네스토   그거예요······.

어머니   요즘엔 뭐하고 지내니, 에르네스티노야.

에르네스토   화학 공부요····· 엄마.

어머니는 갑자기 놀라서 아이를 쳐다본다.

어머니   화학이라······. 너는 이제 화학을 이해한다는 거니?

에르네스토   처음엔 아주 조금씩 이해하게 돼요····· 뭔가를······. 그러다가 다 이해하게 되죠. 처음에는 느리지만, 어느 날 다 알게 돼요. 단숨에요. 그건 정말 놀라운 일이에요.

침묵.

어머니(말을 고르며)   네가 학교에 안 간 지 얼마나 되었지, 에르네스토······?

에르네스토   석 달 됐어요. 제가 어떻게 하는지 아세요, 엄마? 저는 여러 학교의 입구까지 가서 교실에서 하는 이야기를 들어요, 그러고 나면 알게 돼요. 다 된 거죠.

어머니 그러니까…… 그러니까 에르네스토…… 세상에.

에르네스토 바깥의 공기가 좋잖아요. 그리고 그런 식으로 더 빨리 배울 수 있어요. 수년에 걸쳐 공부할 것을 한 번에 배우는 거예요. 괜찮아요. 걱정하지 마세요, 엄마.

어머니, 큰 걱정에 휩싸인다.

어머니(작은 목소리로) 너는 공립학교에서 몇 년에 걸쳐 배울 걸 석 달 만에 다 배운 거구나, 에르네스토!

에르네스토 네, 엄마. 이제는 파리에 있는 대학에 가야 할 것 같아요……. 그게 자연스럽죠.

어머니는 눈물을 흘린다.

어머니 좀 자세히 보자꾸나, 에르네스토.

에르네스토(소리를 지른다) 울지 마세요, 엄마, 울지 마세요, 제발요.

어머니 울지 않는단다. 이제 그쳤어.

에르네스토 블라디미르를 더 이상 생각하지 마세요. 이제 블라디미르는 잊으세요.

어머니 그래, 생각하지 않으마.

침묵.

그들은 더 이상 서로를 바라보지 않는다. 그들은 바닥을 본다. 그러고 나서 에르네스토가 의자에서 일어난다.

에르네스토(잠시 멈춤)   ……자, 동생들을 데리러 가야 할 것 같아요. 어린애들을 집에 데리고 오는 건 어려운 일이에요. 애들이 손을 놓고 달아나거든요. 진짜 작은 물고기들 같아요…….

에르네스토는 나간다.

어머니는 홀로 남아 있다. 어머니는 넋을 잃고, 두려움을 느끼며, 흐느낀다. 그리고 소리 지른다. 그녀는 에르네스토를 다시 부른다.

에르네스토가 돌아와서 침묵 속에서 울고 있는 어머니를 본다. 그리고 말한다.

에르네스토   털어놓고 싶은 것이 있어요, 엄마……. 엄마, 저역시 두려워요…….

어머니(소리 지르며)   아냐…… 아냐……. 그래서는 안 돼, 에르네스토……. 너는 안 돼…… 너만은 그래선 안 된다…….

동생들이 아주 어렸을 때, 에르네스토는 그들에게 이야기하곤 했다. "너희가 고속도로를 건너면, 그게 딱 한 번이더라도, 엄마는 나를 죽이고 말 거야."

실제로 동생들은 단 한 번도 고속도로를 건너지 않았다.

그해, 그들이 그토록 사랑하는 에르네스토와 잔이 자신들에게서 점점 멀어져가는 걸 보는 그 고통이 어느 정도 누그러졌을 때, 아이들은 몇 달 동안이나 매일같이 고속도로의 이쪽, 언제나, 고요한 그들이 사는 쪽을 바라보기 위해 고속도로 근처로 가곤 했다. 비트리 쉬르 센을.

그러나 에르네스토와 잔 바로 밑에서 어린 동생들을 돌보는 큰 아이들은 이미 그들이 여태 한 번도 가본 적이 없는 센강 저쪽의 도시를, 이름조차 몰랐던 그 도시를 바라보기 시작했다.

그러고는 그해 여름 어느 날부터인가, 동생들은 더 이상 고속도로를 찾지 않았다. 유년 시절의 커다란 텅 빈 구멍, 검은 시멘트 벌판을 비트리의 아이들은 어느 날 떠나버렸다. 그 금지된 고속도로에 대한 공포가 너무나도 오래 지속되었고, 그 공포가 한번도 확인되지 않은 것이었기 때문에, 비트리의 모든 아이가—그들이 확신하던 절망 속에서—유년 시절의 검은 벌판이 파괴되기를 기다리고 있었기 때문에.

이제 아이들은 비트리의 언덕 꼭대기, 베를리오즈 가부터 시작하여 제니, 비제, 오펜바흐, 모차르트, 슈베르트, 그리고 메사제 가로 이어지는 길에서, 또는 건물의 뜰 안에서, 저택 사

이를 지나는 오솔길이나 오래된 고속도로변의 비탈진 가시덤
불 속에서 그들의 모험을 다시 시작했다. 밤이 찾아온 비트리
나, 열기로 인해 텅 비고 환히 빛나는 비트리, 아무것도 움직이
지 않고, 인적이 끊긴, 영원히 밤이 오지 않는 예루살렘 왕들
의 정원이 등장하는 불탄 책에서 곧장 빠져나온 것 같은 비트
리에서 서로를 잃어버릴지도 모른다는 두려움, 이미 멀어져버
린 그 두려움을 느끼며 하던 놀이를.

아버지와 어머니는 부엌에 있다. 단둘이. 햇빛은 더욱 아늑
하다. 오월의 어느 하루가 끝나갈 무렵의 빛이다.

어머니　……너무 괴로워……. 에밀리오……(잠시 멈춤)……
당신은 그 아이가 뭘 하고 있는지 알아……? 화학이래…….
혼자…… 그 아이는 화학책을 읽고, 화학을 이해하고 있
어…….

아버지　그 아이는 들으면 이해하지. 내가 담 뒤에서 보았
어……. 빅토르 위고 고등학교에서……. 그건 에테르에 관한
수업이었어 $(C_2H_2)_2O$……. 그 애는 그걸 듣고 있었어. 나를
보지는 못했지. 마치 모르는 사람 같더군.

어머니　모르는 사람…….

아버지　그래.

침묵.

어머니 엔리코, 당신에게 말하고 싶진 않았지만, 고등학교 과정도 이미 끝났어…… 2주 후면 끝날 거야……. 이제는 대학교야……. 그 아이는 파리에 갈 거야…… 대학교들이 있는 곳…….

둘 다 입을 다문다. 그들은 두려움을 느낀다. 더 이상 말을 하지 않는다. 두려움이 그들을 사로잡는다.

아버지 그렇게 해서 그 아이는 어디에 도달할까? 그 아이…… 그 어린아이가……. 더 이상 울어선 안 돼, 지네타……. 그 아이가 죽는 것보다는 그러는 편이 훨씬 낫잖아……. 그렇게 생각해야지.

그들은 오랫동안 입을 다물고 있다. 어머니가 다시 말을 시작한다.

어머니(천천히) 당신한테 이야기하고 싶은 게 있었는데 에밀리오……. 나는 단지 울고 싶어서만 우는 게 아니야. 마음이 부풀어 오르기 때문이기도 해……. 너무 감동스러워……. 지성이라는 건 우리에게 멀게만 느껴지는 거였는데, 우리가 그렇게 똑똑한 아이를 낳았다니…….

아버지 나는 다른 아이들에 대해서도 생각하고 있어…… 어린아이들……. 그 많은 아이들은…….

침묵.

어머니(위로하며)   지금은 그 아이들을 생각하며 울 때가 아니야, 에밀리오……. 누가 알겠어, 아이들은 아직 너무 어린걸……. 그리고 아마도 아이들은 다른 데로 떠나지 않을 거야……. 아이들은 여기 남아서, 비트리의 사람들이 될 거야, 그러니까…… 큰일이 아니야.

침묵.

아버지   당신 말은, 에르네스토는 떠날 거라는 거지?

어머니   당신도 알잖아.

아버지   프랑스에서 아주 먼 곳으로.

어머니   어디든지. 그것도 알고 있잖아, 에밀리오.

아버지   지식이란 것 때문에…….

침묵.

어머니   지식 때문이 아니더라도, 그 아이는 벌써 떠났을 거야.

아버지   그런 말 마, 에밀리아…….

침묵.

어머니   잔도, 그 아이도 떠날 거야.

아버지   그 아이는 떠나려는 기질을 타고났지, 잔도…….
어린 것이…… 견딜 수 없는 일이야……. 그 아이가 더 이상 여기 없다니……. 그건 불가능하고, 끔찍하고, 끔찍한 일이야…….

어머니는 주저하다가 말한다.

어머니 그것만이 아니야, 에밀리오. 당신도 알잖아.

아버지는 알고 있다고 말한다.

또다시 눈물. 아버지는 계속해서 운다. 어머니는 그의 고통을 덜어주기 위해서 아버지의 손을 잡는다.

어머니 나에게는 커다란 행복이야, 에밀리오.

침묵. 아버지는 울기만 한다.

어머니는 에밀리오를 안아준다. 그녀는 얼굴을 돌린다.

어머니 들어봐, 에밀리오……. 만약 잔이 에르네스토를 더 이상 보지 못한다면, 그 아이는 자살하고 말 거야.

침묵. 그리고 아버지는 신음을 내뱉으며 묻는다.

아버지 당신은 그런 걸 어떻게 알아?

어머니 누군가 당신을 못 보게 하면 내가 그렇게 할 테니까.

그들은 꼭 끌어안는다.

아버지 너무 힘들어, 에밀리아, 너무 힘들어…….

어머니 어쩔 수 없는 일이야 에밀리오. 아이들은 어느 날 떠나. 그건 애도할 만큼 슬픈 일이지…….

침묵.

어머니 고백할 게 있어, 엔리코……. 아이들이 아직 어렸을 때, 나는 이따금씩 아이들을 버리려고 했어. 당신에게는 한번도 말하지 않았지만.

아버지 이따금씩 눈치챘어.

어머니 가족들을 떠나고 싶었어. 절대로 다시 돌아오지 않으려 했지.

아버지 당신은 언제나 인생에 너무 많은 기대를 가지고 있었어, 지네타.

어머니 그게 아니야, 에밀리오. 뭐 때문이었는지 나도 모르겠어.

침묵.

어머니 나는 지금도 여전히 그 이유를 몰라.

에르네스토와 잔은 동생들을 개자리 밭에 놀게 내버려두었다. 그들은 집 앞 길에 서 있다. 부엌 창문 뒤편에서 아버지와 어머니가 그들을 보고 있다. 부모님에게는 그들의 말이 들리지 않는다.

잔 선생님이 교육부 장관에게 보고했대. 장관은 시장을 불렀고. 파리에서 온 다른 사람도 있었대. 그 사람들이 모두 이야기를 나눈 끝에 오빠를 미국에 있는 고등수학학교에 보내기로 합의했어. 나중에 교수가 되게 하기 위해서.

　침묵.

에르네스토　부엌에 누가 있었니?

　잔　어머니랑 나. 아버지는 없었고.

　침묵.

에르네스토　어머니는 아무 말도 안 하셨어?

　잔　응, 아무 말도. 아버지도 마찬가지야. 그분들이 뭐라 하시겠어?

　침묵.

　잔은 동생들에게 이 이야기를 해서는 안 된다고 생각하고 있다.

　아직 날이 밝다. 잔과 에르네스토는 동생들을 만나러 가지 않는다. 왜 그런지에 대해서는 생각하지 않는다. 그들은 더 이상 그 무엇에 대해서도 생각하지 않는다. 전에, 무언가를 알기 전에, 그들은 이따금씩 신에 대해서 이야기 나누곤 했다. 지금은, 그렇지 않다. 신에 대해 처음 입을 다문 것은 잔이였지만, 침묵은 점점 가팔라지고, 위험해진다. 그러나 그들은 하루 온종일, 밤새도록 같이 있을 필요에는 저항하지 않는다. 에르네스토는 잔 앞에 홀로 있다. 그리고 잔은 이제 사납게,

입을 다무는 아이, 두려움을 자아내는 아이가 되어 있다.

침묵 속에서 그들이 아는 것은, 아직 멀리 있는 듯하지만 이미 피할 수 없는, 언젠가 다가올 그 무엇을 향해 함께 나아가고 있다는 것이었다. 일종의 끝, 죽음. 그들이 아마도 공유할 수 없을 그 무엇.

그날 저녁, 잔과 에르네스토는 언덕을 벗어나 고속도로로 이어지는 가파른 비탈을 걸어 내려갔다. 그들은 해 질 녘이 되어서야 돌아온다. 그들이 창고로 향하는 길을 건널 즈음, 이번에는 어머니와 아버지가 길을 나선다. 그들은 외출복을 입고 있다. 어머니는 푸른색의 챙 없는 작은 모자를, 아버지는 기차에서 주운 영국식 모자를 쓰고 있다. 그들은 에르네스토와 잔을 미처 알아채지 못한 듯, 그들을 바라보지 않고 곁을 스쳐 지나간다. 그들은 팔짱을 낀 채 빠르게 걷고 있으며, 창고에서 곧 아이들이 소리 지를 것임을 알고 있다. 그들은 창고 앞을 지나간다. 동생들이 내지르는 소리, 울부짖음이 와닿는 건, 그들이 이미 그곳을 지나쳤을 때다.

에르네스토와 잔은 동생들이 있는 창고에 들어간다. 우리가 여기에 있는 거 보이잖아, 이 바보들아, 에르네스토가 소리

지른다.

예전에는 부모님이 시내로 나가는 것을 볼 때마다 에르네스토와 잔도 동생들과 함께 울곤 했다.

이제 잔과 에르네스토는 더 이상 동생들과 함께 울지 않는다. 어느 날 그것은 끝난 일이 되어버렸다.

동생들은 점점 더 자주 울지만 아주 낮은 소리로 흐느낄 뿐이다. 그들은 더 이상 무엇에도 불평을 늘어놓지 않는다. 그들은 마치 위험과 고통이 창고 밖에서 기다리고 있을까 봐 두려워하는 것처럼 예전에 비해 훨씬 덜 자주 밖으로 나간다. 그러나 삶을 위협하는 이런 요인들에 관해서 그들은 결코 한번도 말하지 않는다. 또한 그들은 자주 창고에서 잠든다. 그럴 때마다 잔은 그들을 찾으러 창고로 가야 하고, 동생들을 한 명씩 다시 침실로 데려와야 한다.

때때로 동생들은 잠 속에서 서로가 서로에게 들러붙어 있는 작은 동물들처럼 보인다. 금빛 머리카락이 그들을 뒤덮고, 작은 발이 더미 아래로 드러나 있다. 때로는 내팽개쳐진 아이들처럼 뿔뿔이 흩어져 있다. 때때로 그들은 백 살처럼, 어떻게 사는지, 어떻게 노는지, 어떻게 웃는지 더 이상 모르는 사람들처럼 보이기도 한다. 그들은 매일매일 조금씩 창고에서 멀어져가는 잔과 에르네스토를 오래도록 바라본다. 그들은 낮게 운다. 왜 우는지 아무도 이야기하지 않는다. 그들은 그저 이렇게 말한다. "아무것도 아니야, 지나갈 거야."

교사는 에르네스토를 만나기 위해 창고로 왔다.

교사는 눈부신 봄날에 대해 말한다. 그리고 그는 다른 이야기를 꺼낸다.

교사　에르네스토 군, 이제 학교엔 돌아오지 않을 건가……?

에르네스토는 어떻게 대답해야 할지 모른다.

에르네스토　그러니까…… 학교 이야기라면, 제가 이미 학교에서 배우는 걸 조금 앞질러서요, 선생님…….

침묵.

교사　알고 있네, 에르네스토 군. 자네를 보자마자 알았지. 미안하네, 에르네스토 군. 그렇지만 읽고 쓰는 것은, 에르네스토 군……. 사실 자네는 아주 어렵고 수준 높은 것을 읽고 있지. 자네가 해야 할 한 가지 일이 있다면 그것은 기초를 배우는 거라네.

교사는 약간 위축되어, 에르네스토에게 미소를 짓는다.

에르네스토　죄송합니다, 선생님……. 그렇지만…… 아니에요……. 왜냐하면 저는 읽는 걸…… 알지 못한 채…… 이미 읽을 수 있었거든요……. 전부터…… 아시겠나요?

교사 어떻게 말인가……? 자네를 귀찮게 할 생각은 아니지만…….

에르네스토 그러니까요, 제가 그 책을 펼쳤고, 그다음엔 읽은 거죠……. 선생님도 기억하시죠, 그렇죠? 그 불탄 책요……. 제가 잘못 읽은 게 아닌지 확인하시기 위해서 가져갔던…….

교사 암…… 그렇고말고……. 왕에 대한 이야기였지?

에르네스토 네…… 그거예요……. 그렇게 해서 저도 제가 읽을 수 있다는 걸 알게 된 거예요.

침묵.

교사 유대인. 유대인 왕이었지.

에르네스토 유대인요?

교사 그렇다네.

침묵.

교사 ……그래. "헛되고 헛되도다. 그리고 바람을 좇는 일이로다……."

에르네스토 네.

교사 왜 바람일까, 에르네스토 군?

에르네스토 바람은 정신이에요, 선생님— 그건 같은 말이죠.

교사 정말 그렇다네. 어디서나, 그렇지 않나?

에르네스토 그래요.

교사는 오랫동안 입을 다물고 있다. 그는 에르네스토를 바라본다. 그는 에르네스토와 잔을 아주 강렬하게, 저항할 수 없을 정도로 사랑하기 시작한다.

교사 그러면 쓰는 것은 어땠나, 에르네스토 군?

에르네스토 그것도 마찬가지였어요, 선생님. 연필 끝을 잡았고, 그다음엔 썼어요. 선생님은 그걸 어떻게 설명하시겠어요?

침묵.

교사 그건 설명할 수 없는 일이지. 그러니까 나는 설명하지 않는다네. 자네는 그것을 어떻게 설명하겠나, 에르네스토 군?

에르네스토 저는 신경 쓰지 않습니다, 선생님.

교사 그렇군.

침묵. 그들은 미소를 짓는다.

그들은 때때로 그러는 것처럼 오래도록 입을 다물고 있다. 이윽고 선생님이 말한다.

교사 자네가 처음으로 쓴 건 무엇이었지?

침묵. 에르네스토는 망설인다.

에르네스토 제 여동생을 위해 쓴 거였어요.

침묵.

에르네스토 그녀를 좋아하고 있다고 썼어요.

에르네스토는 아주 천천히 말한다. 마치 교사를 보지 않는 것처럼, 혼자 있는 것처럼.

교사(주저하다가 말하며) 그렇지만 여동생은…… 그때…… 아 직 읽을 줄도, 쓸 줄도 모르지 않았나…….

에르네스토 그 아이는 제가 종이 위에 쓴 내용을 알았어요.

교사 어떻게 그게 가능하지?

에르네스토 동생이 종이를 동네의 다른 사람들에게 보여줬 을지도 모르지요. 저는 그렇게 생각하지 않지만요. 제 생각에 는 그 아이도 제가 배우지 않고도 쓸 수 있었던 것처럼 그걸 저절로 읽을 수 있었을 거예요, 말하자면 자기도 알지 못한 채로요, 아시겠나요?

교사(머뭇거리다가 다시 말하며) 자네가 맞네, 에르네스토 군. 잔 도 이미 그때 읽을 줄 알고 있었던 거지.

침묵.

교사가 조금 더 큰 목소리로 다시 이야기하기 시작한다.

교사 잔, 그 아이는 읽을 줄 알았어. 에르네스토 군 자네처럼, 읽는 걸 배우기도 전에 말이야……. 잔…… 그 아이는 바로 자네일세, 에르네스토 군……. 자네와 같은 부류의 사람들.

에르네스토는 대답하지 않는다.

교사는 에르네스토가 떠난다면, 자신이 잔에게 계속 공부를 시키겠다고 말한다.

에르네스토는 교사에게 대답하지 않는다. 그는 마치 무언가에 빠진 사람처럼 정신이 팔려 있다.

교사 미안하네만, 에르네스토 군……. 자네는 그 편지에 뭐라고 썼나? 믿을 수 없을 정도로 그녀를 좋아한다고 썼나?…… 그녀를 다른 식으로 좋아한다고?

에르네스토 네. 그녀를 사랑한다고 썼어요. 그녀를 향한 감정은 사랑이라고요.

교사(낮은 목소리로) 그럴 줄 알고 있었네. (그는 주저하다가 미소를 짓고, 커다란 감동을 느낀다) 자네가 그 단어를 발음하는 걸 듣고 싶었을 뿐이야.

에르네스토는 입을 다문다. 그는 당황하고 있는데, 잔에 대해서 누구와도, 어머니와도, 심지어 잔과도 여태껏 단 한 번도 이야기한 적이 없기 때문이다.

에르네스토는 어머니에 대한 이야기로 되돌아간다. 그는 부모님이 서로를 처음 알게 되었을 때 어머니에게 읽는 법을 가르쳐준 사람이 바로 아버지였다고, 그렇지만 그 이전에 어머니는 벌써 그녀가 일하던 시청에서 수업을 받은 적도 있었다고 말한다. 배우는 건 쉬웠다. 아버지로부터 읽는 법을 배운 이후에 어머니는 아주 금세 책들을 읽을 수 있게 되었다.

그들은 또다시 오랫동안 입을 다물고 있고, 이윽고 교사가 어머니를 방문했던 이야기를 시작한다.

교사 에르네스토 군, 일전에 자네 어머니를 뵈었다네…….
어머니가 두려워하고 계시네, 에르네스토 군……. 그것을 자네도 알고 있었나?

에르네스토는 갑자기 근심 어린 표정을 짓는다.

에르네스토 어머니가 선생님께 그렇게 말씀하시던가요?

교사 아닐세……. 자네 아버지가…… 내게 전화를 하셨네……. 자네 생각엔 어머니가 무엇을 두려워하고 계시는 것 같나, 에르네스토 군?

에르네스토 저의 두려움 때문일 거예요, 선생님.

침묵. 에르네스토의 마음은 멀리, 어머니에게로 향한다. 그는 어머니를 더 잘 보기 위해 눈을 감는다.

에르네스토 제 생각에 어머니는 저의 두려움을 두려워하세요. 저 역시 두려워요. 어머니와 저는 같은 두려움을 갖고 있는 것 같아요.

침묵.

에르네스토 저는 화학을 통해서 빠져나갈 수 있는, 바깥에 가닿을 수 있는, 숨 쉴 수 있는 틈을 발견할 거라고 생각했어요. 아시겠죠, 선생님. 그런데 아니었어요. 그리고 어머니는 제가 그런 것 때문에 두려워한다는 걸 느끼신 거죠. 어머니는 자신의 무지로, 제가 느끼는 것 같은 두려움을 느끼고 계세요.

침묵.

교사는 주저하다 이윽고 결심한다.

교사 그 불탄 책에 대해서…… 내게 이야기를 좀 해주겠나, 에르네스토 군…….

에르네스토(어떻게 말해야 하는지 고심하면서) 그 책을 읽는 건…… 그래요, 바로 그거예요……. 그건 마치 지식이라는 것이 지금까지 알던 것과는 다르게 태어나는 걸 경험하는 거나 마찬가지였어요, 선생님……. 그 책이 말하는 진리의 빛 속으로 들어가는 순간…… 사람들은 눈부심을 보게 되지요……. (에르네스토는 미소 짓는다) 죄송해요, 설명하기가 어려워요……. 그 책의 단어들이 형태가 달라지는 것은 아니지만, 말들이 전하는 의미가…… 기능이 달라지는 거예요……. 단어들은 더 이상 고유한 의미를 간직하지 못하고, 우리가 알지 못하는, 한번도 읽거나 듣지 못한 다른 단어들을 가리키게 돼요⋯⋯. 우리가 한번도 형체를 본 적이 없지만 느낌으로 이해할 수 있는⋯⋯ 짐작할 수 있는⋯⋯ 본질적으로는 텅 비어 있는 자리⋯⋯ 혹은 이 우주에서⋯⋯ 아, 잘 모르겠어요⋯⋯.

그들은 입을 다문다. 그러고 나서 에르네스토는 다시 어머니 이야기로 되돌아가고 웃는다. 그리고 그는 말한다.

에르네스토　아세요? 저희 어머니는 그 어떤 지식도, 어떠한 교육을 통해 습득한 적이 없지만 두려움을 느끼고 계신 거예요, 말이 안 되죠⋯⋯.

그날 저녁, 교사는 에르네스토와 함께 창고 안에서 밤이 내릴 때까지, 선선한 바람이 불어오고, 나갔던 아이들이 돌아올 때까지 머문다. 이윽고, 에르네스토는 아주 정중하게 교사에게 이제는 집에 돌아가셔야 한다고 말한다.

교사는 거기에 오래 머물렀던 것을 사과하지 않았다. 어쩌면 그는 에르네스토의 말을 잘 알아듣지 못했는지도 모른다. 그는 다시 말하기 시작했다. 자신이 불행하다고, 자신의 직업에 대해 더 이상 확신하지 못하며, 그 무엇도 믿지 못하는 건 바로 이와 같은 순간이라고 말했다. 오직 에르네스토와 잔, 그리고 동생들과 함께 있는 것만이 그를 살아 있게 한다고.

아주 캄캄한 밤이다. 부모님은 아직 집에 돌아오지 않았다. 동생들은 울었지만 잔이 침실의 불을 껐고, 아이들은 결국 잠이 들었다.

에르네스토의 침대가 놓인 곳은 침실 문 앞이다. 해가 뜨자마자, 교사가 그에게 구해다 주는 책들을 동생들을 깨우지 않고도 읽을 수 있는 곳이다.

잔의 침대도 그곳에, 그의 침대 옆에, 동일한 밤의 빛이 흘러들어 오는 곳에 놓여 있다. 그녀를 비트리 보건소에 데려갔던 어머니가 잔이 어렸을 때 침대를 거기 놓아주었다. 그렇지 않으면 잔은 불을 지르고 달아나 버렸을지도 몰랐다.

그날 밤 에르네스토는 잔의 육체 가까이, 그녀의 따뜻한 입술 자락, 눈꺼풀 가까이에 다가갔다. 그는 그녀를 오랫동안 바라보았다. 에르네스토가 다시 자신의 침대로 되돌아갔을 때 그는 바람의 소리를, 술주정뱅이와 젊은이들의 웃음과 노랫소리를, 7번 국도를 달리는 경찰차의 아우성을 들었다. 밤이 깊어가는 소리를 이따금씩 정적이 집어삼켰다. 비트리의 정적은

언제나 강과 계곡에서 왔다. 기차들이 정적을 훼손하며 지나
가면 소리는 한동안 사라지지 않을 듯 머물렀으나, 곧이어 고
요가 파도처럼 다시 밀려오곤 했다. 에르네스토는 시내 어딘
가를 헤매고 있을 부모를 망각했다. 그 밤은, 잔의 밤이었다.

부모님은 새벽 2시경 집에 돌아왔다. 어머니는 「라 네바」를
부르고 있었다. 「라 네바」는 가사 없이도 아주 아름답고 훌륭
한 노래였다. 잔은 그녀가 태어난 이후 지금까지 부모님이 비
트리 시내에 나갔다 들어올 때면 늘 부르던 「라 네바」 노랫소
리에 잠에서 깼다.

시내까지 길게 늘어선 주택가에 사는 많은 사람은 가사 없
는 「라 네바」를 알고 있었다. 텔레비전에서였는지, 아니면 비
트리에 이주해 온 아이들이 노래를 부르는 거리에서였는지,
어디에서 들었는지 기억하지는 못했지만. 이주해 오지 않은
아이들도 「라 네바」를 불렀다. 그러므로 그 노래가 어디서부
터 시작하게 되었는지 아는 것은 불가능한 일이었다.

에르네스토 또한 한밤중에 퍼져나가는 어머니의 아름다운
목소리를 들었다. 그 목소리는 한마디 가사도 없이 광대하고
영원한 사랑 이야기, 연인들의 사랑 이야기와 그들의 아이들
이 지닌 빛나는 육체에 대한 이야기를 들려주었고, 잔은 어두

운 침실에서 조용히 「라 네바」를 듣고 있었다. 그리고 어머니의 「라 네바」는 인생이 얼마나 힘들고 괴로운 것인지, 사람들, 부모들은 얼마나 사랑스럽고 순진했는지, 그리고 그들이 얼마나 그것을 알지 못했는지에 대해서도 이야기했다. 그리고 아이들이 어디까지 알고 있었는지에 대해서도.

어머니의 목소리로 인해서 밤은 야생적인 행복으로 차올랐는데, 에르네스토는 불현듯 이 같은 광폭한 행복을 두 번 다시 느끼지 못하리라는 걸 알았다.

그날 밤, 에르네스토는 자신이 비트리를 떠날 날이 다가오고 있다는 것을, 그것은 이제 피할 수 없는 일이라는 사실을 깨달았다.

잔이 에르네스토의 침대로 다가간 것은 그날 밤이었다. 그녀는 에르네스토의 몸 위로 미끄러졌다. 잔은 에르네스토가 잠에서 깨길 기다렸다. 바로 그날 밤, 그들은 한 몸이 되었다. 움직일 수 없이. 입맞춤 한번 없이. 말 한마디 없이 그렇게.

‡

느리고 무겁고 거의 뜨겁기까지 한 봄기운이 완연하다. 또 다른 어느 저녁의 일이다.

교사는 창고 앞에 서 있다. 그는 안을 들여다본다. 에르네스토와 잔이 동생들과 함께 있다. 에르네스토는 크고 또렷한 목소리로 불탄 책 중에서 아직 읽지 않은 부분을 천천히 읽고 있다.

동생들은 온 힘을 다해 이야기를 듣고 있다.

부모님은 없다. 비트리의 다른 사람들과 마찬가지로 교사는 그들이 시내에 가는 걸 얼마나 좋아하는지 틀림없이 알고 있다. 하지만 그는 어느새 부모와 아이들을 떼어놓고는 생각할 수가 없어졌다.

교사는 저녁마다 에르네스토를 보러 온다. 그는 동생들에게 줄 풍선껌을 가져온다. 부모님은 대체로 그곳에 없지만, 그들은 아이들이 없는 다른 곳에 있으면서 동시에 아이들과 함께 있다. 교사는 자신이 무얼 보러 여기에 오는지 정확히 알지 못한다. 그는 낯선 나라에 가듯이 그들을 보러 온다. 비트리의 다른 것들로부터 고립된 채 저항할 수 없는 은총에 싸인 들판, 동생들과 동생들을 돌보는 큰 아이들만 살고 있는 이곳에.

교사는 이 가족을 알기 전에는 자신이 이토록 아이들에게 애착을 느낄 수 있다는 것을, 아이들에게 열중할 수 있다는 것을 몰랐다고 말한다.

잔 바로 밑인 여자아이는 수잔나였다. 수잔나 다음은 조르조, 조르조 다음은 파올로, 그 아래로는 호르텐시아, 그리고 다섯 살인 마르코가 있었다.

시간이 비는 오후면 교사는 아이들에게 읽고 쓰는 법을 가르치기 위해 창고를 방문한다. 잔도 에르네스토가 파리의 대학들에 가 있는 동안 교사의 수업을 듣기 위해 창고를 찾는다.

에르네스토도 교사가 동생들을 가르치고 있다는 사실을 안다. 그는 어느 날엔가는 그런 일이 벌어지리라는 걸 알고 있었다고 말한다. 언젠가 동생들이 읽고 쓰게 되리라는 것을 그는 이미 오래전부터 알고 있었다.

교사는 자주 조반나—그는 잔을 그렇게 부른다—와 에르네스토에게 동생들 이야기를 한다.

교사가 동생들에 대해 어떤 이야기를 하든지 조반나와 에르네스토는 많이 웃는다. 그들은 동생들에게 일어나는 일이라면 그것이 좋은 것이든 나쁜 것이든 웃는다.

교사는 수잔나와 파올로가 가장 빨리 배운다고 말한다. 그러나 그가 가장 아끼는 아이들은 막내인 호르텐시아와 마르코다. 아이들은 조반나와 에르네스토, 그리고 자신들이 잃어버린 다른 모든 것처럼 교사를 잃을까 두려워 수업 중 교사 곁으로 와 잠들기도 한다.

창고 문가에서 교사는 꿈쩍도 하지 않고 왕의 이야기를 듣고 있다. 에르네스토의 목소리는 느리고 아주 또렷하게 들려온다.

—나, 다윗의 아들 그리고 예루살렘의 왕, 에르네스토가 말한다.

—나는 땅 위에 창조된 모든 것을 이해하기 위해 애를 썼느니라.

—신이 인간에게 부여한 그 권능은 참으로 고통스러운 작업이었느니라.

—나는 그것을 행하였노라.

에르네스토의 목소리는 때때로 어린아이 같기도 하다.

—나는 태양 아래 창조되어 있는 모든 것을 보았노라, 에르

네스토는 다시 말하기 시작한다.

　—나는 보았노라.

　—나는 모든 것이 헛되다는 것을, 바람을 좇으려는 행위임을 보았노라.

　—나는 한번 굽은 것은 다시 설 수 없다는 것을 보았노라.

　—나는 부재하는 것은 헤아릴 수 없다는 걸 보았노라.

에르네스토는 잠시 쉰다.

　—나는 다음과 같이 생각했노라. 나는 모든 이스라엘의 왕보다 훨씬 지혜롭다고.

　—나는 많은 현명함과 신중함을 보았노라.

　—나는 어리석음과 광기마저도 이해하고자 노력했노라.

　—그리고 나는 이해했노라, 이 모든 것 역시 헛되고 헛되다는 것을. 바람을 좇으려는 것에 불과하다는 것을.

에르네스토는 고통스러운 듯 눈을 감는다.

교사는 창고 쪽으로 다가가고, 그는 잔이 에르네스토를 향한 채 창고 바닥에 누워 있는 것을 본다.

교사는 자신이 보고 있는 줄도 모른 채 서로를 응시하고 있는 그들을 바라본다.

그는 뛰쳐나가고, 감정에 복받쳐 눈물을 흘린다. 더 이상 모르지 않지만 동시에 알지도 못한다는 사실을 그는 견딜 수가 없다.

교사는 다시 돌아온다. 또 한번 그는 창고 안으로 들어가지 않은 채 에르네스토를 밖에서 기다린다.

노래하는 잔의 목소리가 들려온다. "맑은 샘물가에 나는 쉬고 있네……. 물이 얼마나 맑은지 나는 몸을 담그고 말았네……. 오래전부터 나는 당신을 사랑하네, 영원히 당신을 잊지 못할 것이라네……."

교사는 잔의 목소리에 넋이 나간다.

에르네스토가 창고 문가로 다가와 교사를 향해 미소 짓는다. 그는 교사가 울고 있는 걸 보지 못한다.

교사 실례하네, 에르네스토 군……. 또다시 오지 않을 수가 없었네……. 저녁이 오면…… 비트리엔 아무도 없다네, 사막과도 같지, 내게는 자네들뿐이야.

에르네스토 그렇지만 선생님, 오지 못하실 이유가 있나요?

에르네스토가 교사에게로 다가간다. 교사는 에르네스토를

부드러운 눈길로 바라본다.

에르네스토 마침 선생님께 말씀드리고 싶은 것이 있었어요. 저는 지식의 마지막 단계에 와 있어요, 선생님.

교사 무슨 말인가, 에르네스토 군…… 어디에 와 있다고……?

에르네스토 독일 철학을 공부하고 있어요. 선생님께 그걸 말씀드리고 싶었어요…….

교사는 혼자서 에르네스토가 한 말을 낮게 되뇐다.

교사 독일 철학을 공부하고 있다…….

에르네스토 네. 이제 곧 배우는 걸 멈춰야 할 때가 올 거예요.

교사는 두 손으로 얼굴을 가린 채 소리 지른다.

교사 나는 죄인이네, 에르네스토 군……. 자네는 미쳐버렸어…….

침묵. 에르네스토는 교사에게 미소 짓는다.

교사 그다음엔…… 아무것도 배울 것이 없는 건가……?

에르네스토 그렇게 생각해요……. 저에겐…… 저는 저의 경우를 말하고 있는 거예요……. 저에겐, 그다음엔…… 더 이상 아무것도 배울 게 없어요…… 아무것도…… 기계적인…… 수학적 추론 말고는요…….

교사(낮게 소리 지르며) 아무것도 없다…… 세상 이쪽의…….

한 주기가 닫히는군…….

에르네스토는 미소를 짓는다.

에르네스토　아니면 주기가 열리는 걸지도 모르지요……. 어떻게 보느냐에 따라서 달라진다는 걸 선생님도 잘 아시잖아요.

교사　아니, 나는 모르겠네. 아무것도 모르겠어……. 자네 생각에 이제 자네에겐 무엇이 남았나, 에르네스토 군…….

에르네스토　갑자기 물으시니까, 설명할 수가 없네요……. 음악일까요…… 예를 들자면…….

에르네스토는 교사를 부드러운 눈길로 바라보고 미소 짓는다.

이번에는 교사가 미소 짓는다.

‡

부엌 안. 막 도착한 기자 한 사람이 잔과 함께 있다. 그는 『피피 *Fi-Fi*』라는 문예지에서 왔다고 밝힌다. 잔은 모르는 잡지다. 그녀는 그 이름을 듣고 웃는다.

기자　외무부에서 보내 찾아왔습니다……. 당신이, 에르네스토스의 여동생인가요? 잔…… 맞지요?

잔은 그렇다고 말한다.

기자 실례합니다. 제가 조금 놀라서…… 당신은 정말……
매력적이군요…….

잔은 웃는다. 그 이상한 문예지 이름 때문이다.

잔 잡지 이름이 뭐라고 하셨죠?『리리 *Ri-Ri*』*라고 했나요?

기자가 웃는다.

기자 아니요,『피피』예요.

잔 아이들을 위한 잡지군요.

기자(골난 표정을 지으며) 그러니까…… (잠시 멈춤) 제가 온 이
유는…… 오빠에 대한…… 당신의 의견을…… 듣고 싶어서
입니다. 오빠가 그런 생각을 하게 된 건 어떤 이유에서이지
요? 당신은 그것에 대해 의견이 있나요?

잔(미소 지으며) 아뇨.

기자 보세요……. 저는 이게 혹시 꾸며낸 이야기가 아닐까
라는 생각을 하고 있어요, 일종의 허풍 같은 거랄까…….

잔 무슨 말을 하시는지 이해를 못하겠네요. 오빠에게 직
접 물어보시는 게 좋겠어요.

기자 차마 그럴 순 없죠.

잔은『피피』기자를 향해 상냥하게 미소 짓는다.

---

* 프랑스어로 '웃다(Rire)'를 연상시키는 발음으로 언어유희다.

기자 실례합니다……. 제가 틀릴 수도 있겠죠. 그렇다면 이것은 일종의 저항인가요……? 어떤 의미에서는 사회문제에…… 내재한…… 불의를 발견하고 난 뒤의…….

잔 제 생각에는, 당신이 말하는 그런 것들에는 오빠가 그다지 흥미를 느끼지 않을 것 같아요.

기자 실례합니다……. 그렇지만 어쨌든 뭔가를 말해주셔야 해요……. 당신은 우리 사회의 체제를 고발하는 동시에 이 사회에서 살아갈 수 있을 것 같나요?

잔은 아름답다. 그녀는 수줍어하지 않는다. 그녀는 우는 것만큼이나 웃는 것을 사랑한다. 그녀는 세련되기도 하다. 마치 호박 보석처럼, 어머니는 말한다. 잔은 여전히 상냥함을 잃지 않고 답한다.

잔 만약 그것 때문에 오신 거라면 여기서 더 기다리실 필요 없겠네요. 우린 그것에 대해 의견이 없으니까요.

기자는 잔이 놀리듯 하는 말을 잘 받아들인다. 그들은 함께 웃는다.

기자 사회학을 공부한 적이 있나요?

잔 그다지……. 에르네스토도 마찬가지고요, 그렇지만 어쨌든 오빠는 저보다 많이 공부했어요.

기자는 깜짝 놀란다.

기자 그런데 이것 봐요……. 당신은 도대체 몇 살인가요, 당신 말이에요.

잔 열 살, 곧 열한 살이 될 거예요. 에르네스토보다 한 살이 어리죠.

기자는 그녀를 한번 쳐다보고 한바탕 웃는다.

기자 이봐요, 당신 가족은 숫자와 관련해서는 뭔가를 잘못 알고 있는 것 같아요. 열한 살이라니, 도저히 믿을 수가 없어요. 게다가 동네의 그 누구도 그걸 믿지 않고요. 당신들은 세상을 신경 쓰지 않는 거군요, 그게 다죠.

잔은 대답하지 않는다. 잔은 『피피』의 기자가 웃는 걸 보고 따라 웃는다.

기자 실례합니다만…… 당신은 무엇에 관심이 있나요……이 모든 것 중…….

잔 어려워요…….

기자 어렵다니…… 뭐가 어려운 거죠……?

잔(짧고 명확하게) 말로 표현하는 게 어려워요. 또 이해하는 것도 어렵고요…….

침묵. 기자는 잔을 오랫동안 바라본다.

기자 ……너도 학교를 그만두었지……?

잔 네. 에르네스토보다 조금 더 짧게 다녔어요. 나흘요. 에

152

르네스토는 열흘. 나쁘지 않죠. 에르네스토와 오래 떨어져 있을 수가 없었거든요. 우리는 '포폴'을 배우고 있었어요. "아빠가 포폴을 혼낸다"* 그거 아세요? 그리고 슈발리에 부인도 배우고 있었고요.

기자 내 말을 들어보렴……. 종이가 필요할 것 같은데…… 어쨌든…… 그러니까 네 말은…… 결국…… 결국엔, 아, 지긋지긋한 『피피』…….

잔 "아빠는 포폴을 혼낸다" 이야기를 원하세요, 아니면 "부인은 그녀의 대저택을 현대적으로 만든다"를 원하세요? 저는 진짜 이야기들을 알고 있어요.

기자 "아빠는 포폴을 혼낸다"부터 시작하자.

잔 제 얘기를 잘 들어보세요……. 잘 따라오지 않으면 이해할 수 없으니까요.

"그러면 아빠는 포폴을 왜 혼냈을까요?"

아빠는 결코 포폴을 혼내지 않았어요. 선생님이 "아빠가 포폴을 혼낸다"라는 말을 하기 위해서 아빠가 포폴을 혼낸다,

---

* Papa punit Popol. '아빠가 포폴을 혼낸다'라는 의미로 불어에서 'Popol'은 은어로 남성 성기를 뜻하기도 한다. 'P' 발음이 반복되는 이 문장은 에르네스토의 지혜와 대조되며 피상적인 것만 주입하는 학교교육을 풍자하는 표현이다.

라는 문장을 지어낸 거죠. 그렇지만 아빠는 결코 포폴을 혼내지 않았어요, 결코, 결코요.

저는 이 이야기의 결말은 몰라요,라고 잔이 말한다.

기자는 잔이 불러주는 대로 받아 적는다. 그는 포폴이라고 적은 걸 낮은 목소리로 읽는다. 포폴. 그는 미친 듯이 웃기 시작한다.

기자 이건 좀 짧은 것 같은데, 또 다른 이야기가 있을까…….

잔 "슈발리에 부인" 이야기가 있어요…….

기자 "슈발리에 부인" 이야기를 해보렴…… 어서…….

잔 그러니까 그 이야기는…… "슈발리에 부인에게는 리리라는 이름의 작은 개가 있었어요 어느 날 슈발리에 부인은 리리에게 시장에 가자고 말합니다 날씨는 맑고 그녀는 기분이 아주 좋고 뒤베르제 부인을 만나요 그래서 그녀는 당신의 작은딸은 어떻게 지내나요라고 물어요 그런 다음 그녀는 스탠리 부인을 만나고 그다음엔 아파트 관리인을 만나요 매번 그녀는 세상에 날씨가 정말 좋네요라고 말해요 그러다 갑자기 그녀는 자두를 보고 아 나는 자두를 사러 시장에 온 건데 정신을 놓고 있었네 세상에 리리야 너는 왜 아무 말도 하지 않았니라고 말해요 그렇지만 리리는 뾰로통한 얼굴을 하는데 그건 리리가 어떤 과일도 좋아하지 않기 때문이에요 그리고 슈발리에 부인은 그걸 잘 알고 있지만 그냥 모르는 척하며 자두 장수에게 자두가 1킬로에 얼마냐고 물어봐요 자두 장수는 3프랑이라고 말하고 그녀는 세상에 정말 비싸네요라고 말하고는 10킬로를 사요.

질문입니다, 슈발리에 부인이 자두 10킬로그램을 샀으면 돈을 얼마나 지불했을까요?"

기자는 웃음을 터뜨리고 잔도 그와 함께 웃는다.

잔(웃으며) ……이게 내가 아는 전부예요…….

기자 기자라는 빌어먹을 직업을 하면서 이렇게 매일 웃을 일이 생기는 건 아니란다. 특히 다른 데에 비해서 100년은 뒤쳐진 『피피』에서는 말이지.

기자는 잔을 바라본다.

기자 너는 이따금씩 파리에 가지.

잔은 아니라고 말한다, 결코 아니라고.

그는 그녀를 또다시 바라본다.

기자 너한테는 사랑하는 사람이 있잖아.

잔은 미소 짓는다.

잔 그래요.

기자 너는 정말 열한 살이니?

잔 그래요.

‡

여름은 단숨에, 난폭하게 들이닥쳤다. 잠에서 깨어나자마자, 여름은 그곳에, 움직임 없이, 슬픔에 잠긴 채 있었다. 하늘은 칙칙한 푸른색이었고, 열기는 이미 견디기 힘들었다.

어느 날 아침, 꽤 이른 시간이었다. 아마도 7시쯤 되었을까, 요란한 소리가 비트리 시 전체를 뒤흔들었다. 그 소리는 센강 지류가 있는 아래쪽 비탈에서 들려왔다.

아버지는 어느 날엔가 일어날 일이 일어나고야 말았다고 말했다. 아버지의 이야기를 듣는 사람들은 아버지가 더위를 말하는 거라고 생각했을지도 모른다.

그 일이 있기 며칠 전에 사람들은 7번 국도 내리막길 아래쪽에서 여러 대의 레미콘과 독일제 굴착기, 적재기와 불도저 등이 몰려오는 걸 보았다. 그 뒤로는 발전 장치들을 실은 차량이 이어졌다. 마지막으로는 북아프리카에서 온 노동자들이며 유고슬라비아, 터키 출신의 노동자들을 가득 실은 차들이 연이어 도착하고 있었다.

그러고는 어느 순간, 갑자기 모든 것이 조용해졌다. 그 후

한나절 간 비트리에는 어떤 장비도, 노동자 한 사람도 도착하지 않았다. 저녁 무렵에는 사정이 달라졌지만. 어둠이 깃들 무렵, 철제 바퀴가 달린 건물 같기도 하고, 놀라운 제동력을 가진 탱크 같기도 한 새로운 차량 한 대가 7번 국도에 도착했고 아주 천천히 강가 쪽으로 내려갔다.

낡은 고속도로를 부수는 일이 시작된 것은 늦은 아침이었다. 고속도로의 죽음이 다가오고 있다고, 아버지는 말했다.

비트리에서 무슨 일이 벌어지는지 아직 몰랐던 사람들도, 귀가 멀 것 같은 부수는 소리를 듣자마자, 그것이 검은 시멘트로 지은 오래된 고속도로가 영원히 파괴되고 있는 소리일 수밖에 없다는 걸 이해했다.

첫째 날 저녁, 시장은 비트리 주민들에게 도시의 발전과 미래의 경쟁력에 대해 발표했다. 새로운 산업 지대를 확장시키기 위해 철로를 다른 곳으로 이동시킨다고 했다. 동시에 도시에서는 센강 근처의 모든 빈민촌과, 이 지역의 근면한 사람들에게 수치감을 안겨주는 유곽과 선술집들이 철거될 것이라고도 했다.

시장은 이곳에 수많은 사회 저소득층을 위한 아파트—20여 년 전부터 예정되었던 임대 아파트를 건설할 계획도 발표했다.

마지막 소식은 아버지와 어머니, 에르네스토와 잔 그리고 동생들을 크게 낙담시켰다.

몇 주가 흐르고 흐르는 동안, 낡은 고속도로의 최후는 비트리 언덕과, 항구 쪽으로 이어지는 좁은 길가의 취약한 건축물들과 새들, 개들, 아이들을 뒤흔들어 놓았다.

그러고는 모든 것이 잠잠해졌다.

새로운 정적이 다시 찾아왔다, 어떤 울림도 없이. 바다의 속삭임마저도 강가에서 쫓겨난 이방인들과 함께 사라졌다.

‡

여느 날과 다를 바 없는 어느 저녁, 에르네스토가 파리에서 돌아오고 있을 때, 그 집 앞 마당에는 버드나무로 만든 정원용 의자가 두 개 놓여 있다. 체리 나무 반대편 쪽 마당을 둘러싼 채 방치되어 있는 울타리 앞이었다. 의자들은 마치 잊힌 것처럼, 사람들과 자전거, 시간의 흐름을 볼 준비가 되어 있는 듯 둘이 나란히 길이 난 쪽으로 돌려져 있다. 그것들은 공원이나 테라스 용의 오래된 의자들로, 처음 구입했을 때 이미 매우 비싼 가격이었음이 틀림없으며 아주 단단하고 아주 이질적인 모양이었다. 버드나무는 왁스칠을 한 것처럼 반짝이는데, 어쩌면 누군가가 의자들을 잊어버리기 전에 닦아놓은 것일지도 모른다. 누가 알겠는가, 집 앞에 가져다 놓기 전에 닦아놓았을지도.

이런 일은 이 마당에서, 이 가족이 살아온 모든 역사 속에서 단 한 번도 일어난 적이 없었다.

이 의자들이 거기에 현실적인 동시에 비현실적으로 계속 존재하는 동안, 에르네스토는 집과 창고, 침실, 그리고 비트리 전체 어디에서도 아무 소리가 들려오지 않는다는 걸 알아차린다.

그래서 그는 소리를 지른다.

갑자기 격렬한 공포가 엄습한다. 그리고 에르네스토는 그것이 무엇인지 알지 못한 채 소리를 지른다.

잔이 에르네스토를 향해 달려오고, 그녀는 두려움을 느낀다. 그녀는 에르네스토에게 무슨 일이냐고 묻는다. 그는 처음엔 무슨 일이 일어났는지를 알지 못하다가, 이윽고 말한다.

나는 모두가 아주 오래전, 천년 전부터 죽어 있는 걸 보았어.

동생들도 에르네스토가 내지른 비명을 들었다. 그들은 창고에서부터 뛰어온다. 그들 역시 두려움에 사로잡혀 있다.

나는 이 의자들이 무서워, 에르네스토가 말한다.

그는 운다. 동생들은 에르네스토가 조금쯤 미쳐 있다는 걸 안다. 그래서 그들은 다른 이야기를 시작한다. 그들은 아버지가 센강과 고속도로 사이 빈민촌 쓰레기장에서 이 의자들을 발견했다고 설명한다. 아버지는 의자들을 어머니에게 선물하려고 했다. 어머니와 아버지가 여름 저녁마다 마당에 나와 앉아 있기 위해서. 그렇지만 어머니는 그 의자들을 원하지 않았다. 결국 부모님은 화가 난 채 시내로 떠나버렸다.

맨 위 남동생들은 의자들을 창고에 가져다 두겠다고 말했다. 자신들과 선생님, 그리고 잔과 에르네스토 형도 쓸 수 있도록.

에르네스토는 이 의자들은 누군가가 아주 오래전 훔친 것이 틀림없다고, 그런 후에 누군가가 버리고, 다시 또 누군가가 훔치는 식으로 되풀이된 것이 틀림없다고, 그러니까 의자들을 창고에 두는 건 잘하는 일이라고 말했다.

잔은 귀부인처럼 의자에 앉아 있고, 다른 의자에는 두 동생이 앉아 있었다. 그들은 이 의자를 가지게 되어 무척이나 행복했다.

부엌은 닫혀 있다. 아무도 없다.

에르네스토는 어머니가 방문을 잠근 채 안에 있다는 것을 알고 있다. 에르네스토는 어머니에게 말을 건넨다.

에르네스토 무슨 일이에요, 엄마?

어머니는 아주 느릿느릿 대답한다, 마치 잠든 것처럼.

어머니 아무 일도 아니다……. 그냥 조금 피곤해서 그래.

에르네스토 엄마는 지금 컴컴한 데 계시잖아요…….

어머니 이게 낫다, 알겠니…… 어떨 때는 이게 더 좋아…….

긴 침묵.

어머니 파리에서 돌아오는 길이니, 에르네스토?

에르네스토 네. (잠시 멈춤) 아빠는 어디 계세요?

어머니 고속도로를 보러 나갔다.

침묵.

어머니 너는 무얼 공부하고 있니, 에르네스토?

에르네스토는 망설이다가 대답한다.

에르네스토(웃으며) 조금씩 다요. 철학도 조금 공부하고 수학도 조금 공부하고, 이것 조금, 저것 조금……

어머니 화학은? 그만둔 건 아니지?

에르네스토 아녜요, 그건 끝났어요. 그게 다예요.

어머니 화학은 미래잖아, 그렇지 않니?

에르네스토 아니에요.

어머니 아니구나. (잠시 멈춤) 그러면 미래는 무엇이니?

에르네스토 그건 내일이죠.

침묵. 에르네스토의 목소리에는 가벼운 불안이 깃들어 있다.

에르네스토 엄마…… 무슨 일이에요?

잠시 멈춤.

어머니 아무것도 아니다. 생각을 좀 하고 있어, 알겠니? 이것 조금, 저것 조금…… 너처럼…….

에르네스토 엄마가 보이는 것 같아요…… 엄마는 자신의 손을 들여다보고 있군요…….

어머니 그렇구나……. 나는 저녁이면 종종 내 손을 본단다……. 나는 밤이 오기 직전의 이런 시간을 좋아하지…….

침묵.

에르네스토 평온하시네요, 거기서.

어머니 그렇단다……. 나는 나에 대해 생각하고 있어, 매일

매일은 아니지만 기본적으로는…… (침묵) 에르네스토, 네가 요전 날 저녁에 이야기한 것 있지, 아무것도 소용이 없다는 말, 그 말 때문에 나는 많은 걸 깨달았단다……. 그 말이 나에게 많은 위안이 되었어……. 슬픔은 더욱 달콤해졌고…… 그리고 고독은 더욱 자연스러워졌단다…….

침묵.

어머니는 방에서 나와 에르네스토 곁에 앉는다. 그녀는 에르네스토를 바라본다.

어머니   에르네스토…… 네게 하고 싶은 이야기가 있다……. 가끔씩 나는 다른 아이들보다 너를 더 사랑하는 것 같단 생각이 든단다. 그리고 그 사실이 고통스러워.

에르네스토(소리 지르며)   무슨 말을 하시는 거예요?

어머니   더 이상 생각하지 마라, 잊어버려.

에르네스토   피곤해서서 그래요……. 아무것도 아니에요.

어머니   그렇구나……. 아무것도 아니지. (침묵) 에르네스토…… 학교 이야기라면, 에르네스토, 살아가는 동안 네게 꼬리표처럼 따라다닐 거야……. 학교를 그만뒀다는 건 좋지 않은 기록이야.

에르네스토   그렇지 않아요.

어머니   그렇게 생각하니?

에르네스토 확신해요. (잠시 멈춤) 이미 다 끝난 이야기예요.

어머니 네가 아는 걸로는 배관공도 될 수 없어……. 불가능하지. (에르네스토는 답이 없다) 너는 뭘 하고 싶니?

에르네스토 아무것도 없어요.

어머니 계속 그럴 순 없단다, 에르네스토. 아무도 그렇게 살진 못해.

침묵. 그러다 어머니가 소리 지른다.

어머니 에르네스토, 나한테 맹세해다오. 네가 원하는 건 그게 아니라고……. 나한테 맹세해줘, 에르네스토…….

에르네스토 맹세해요 엄마……. 제가 명확히 원하는 건 아무것도 없어요……. 그건 끔찍한 일도 마찬가지예요……. 저는 아무것도 원하질 않아요. 아무것도요. 엄만 이해하죠.

침묵.

어머니 너는 거짓말을 하고 있구나, 에르네스토.

침묵.

에르네스토 그래요. 잔하고 함께 있는 것만 빼고요. 그것 말고는 아무것도 원하질 않아요.

어머니 그 아이와 함께, 너는 모든 걸 원하지.

에르네스토는 대답하지 않는다.

어머니 그 아이와 함께, 너는 죽기를 원하고.

침묵.

어머니　에르네스토, 대답하기 싫으면 하지 않아도 된단다.

에르네스토　어느 날인가, 그래요, 어느 날인가 우리는 정말 그러길 원했어요.

침묵. 느림.

에르네스토　그리고 어느 날 우리는 더 이상 그것을 원하지 않게 되었고요.

침묵. 어머니는 소리 지르고 싶은 걸 애써 참고 있다. 그녀의 두 손이 몹시 떨린다.

어머니　그러길 원했던 건 어떤 날이었니?

에르네스토는 어머니를 바라보지 않는다.

에르네스토　그다음 날…… 엄마가 그 여행객과 함께 있었던 시베리아 기차 얘기를 해주었을 때……. 그다음 날 밤이었어요…….

어머니는 도움을 청하듯 하느님을 나지막이 부른다.

어머니　계속 말하거라, 에르네스토.

에르네스토　잔은 저항하지 않았어요……. 우리는 아무것도 생각하지 않았어요. 그다음에 저는 단지 잔만을 원했어요……. 그리고 우리는 더 이상 죽음을 원하지 않게 되었지요.

어머니는 두려움에 얼굴이 일그러진 채 에르네스토가 계

속 말하기를 기다린다.

에르네스토는 주저하다가 진실을 말한다.

에르네스토 잔이 어땠는지는 모르겠어요……. 잔에게 물어보지는 않았거든요. 저와 같았을 거라고 생각하지만…… 확실치는 않아요……. 잔에 관해서는 잘 아는 게 어려워요.

어머니 불가능하지, 정말 그래……. 잔에게는 조심할 필요가 있단다.

에르네스토 그래요.

어머니는 울지 않고 몸을 떤다. 그녀의 눈빛에는 고통과 자부심이 어른거린다. 잔은 바로 어머니 자신이기 때문이다.

에르네스토 엄마한테 이야기하지 말았어야 했는데…….

어머니 그래, 나한테 이야기하지 말았어야 했어. 나는 너에게 묻지 않았어야 했고…….

침묵.

어머니 이제 좀 혼자 있고 싶구나, 에르네스토.

에르네스토 알겠어요.

에르네스토는 잠시 그대로 있다. 그는 기다린다. 그러자 어머니가 다시 말을 한다.

어머니 잔, 그 아이는 죽기를 원하지, 언제나 그랬어……. 그 애가 아주 어렸을 때는 우리가 그걸 몰랐단다.

에르네스토   잔도 모르고 있어요. 제가 이야기를 지어낸 거예요. 그 애는 아무것도 몰라요.

어머니   아니야, 잔은 알고 있어.

‡

비트리 언덕 위에 황혼이 내려앉는다. 무언가, 어머니와 에르네스토가 이야기 나눈 소리 같은 것이 들려온다. 잔은 부엌의 계단 아래에서 이야기를 듣고 있다. 두 사람의 목소리는 텅 빈 마당을 지나, 언덕 쪽으로 깊이 가라앉고, 사람들의 마음속을 통과한다.

어머니   공부에 희망을 걸었던 적이 있었니, 에르네스토?

어머니의 목소리는 아주 느리고, 형언할 수 없는 부드러움이 배어 있다.

에르네스토   큰 희망을 걸었지요.

에르네스토의 목소리 역시 더욱 어둡고 한층 느리게 들린다.

어머니의 침묵.

어머니   에르네스토야, 이제 너에겐 더 이상 희망이 없구나.

에르네스토   더 이상은 없어요.

침묵.

어머니 모든 것에 다 희망이 없다고? 에르네스토, 단언할 수 있니? 네게 아무런 희망이 없다는 걸…….

에르네스토는 주저하다가 결국엔 이야기를 한다.

에르네스토 아무런 희망도 없어요. 단언해요.

‡

잔과 에르네스토에게 있어 모든 것, 그리고 하루하루는 더 이상 예전과 같은 시간, 같은 형태, 같은 의미를 지니지 않는다. 동생들에 대한 사랑도 더 이상 예전같이 절박하게 느껴지지 않는다. 부모님에 대한 사랑 역시 틀림없이 전보다 덜 강렬하다. 그토록 좋아하던 비트리의 언덕들도 이제는 현재로부터 멀어진다. 언덕들은 연인들의 과거에 속한 것이 된다.

이러한 변화는 잔과 에르네스토에게만 겨우 감지된다. 그것은 아주 희미하고, 결코 드러나지 않지만, 매우 자연스럽고 일관된 방식으로 일어나, 온전한 미래로 향하는 듯한 변화다.

어느 누구도 이러한 변화에 대해 말하는 사람은 없다. 잔과 에르네스토 사이에서도, 어쩌면 다른 어느 곳에서도, 심지어 부모님의 방에서조차도, 잔과 에르네스토의 맑은 눈빛에 이따금씩 스치고 지나가는 것은 결코 언급되지 않는다. 저녁 무렵, 식사 시간이면, 어머니의 노란빛과 초록빛이 도는 눈 속에서 이제 막 태어나는 이 행복은 행복한 고통, 그렇다, 그렇지만 마치 이 감정이 본질적으로 표현될 수 없고, 거기, 텅 빈 상태 속에 날것인 채로 머물러 있어야 하기라도 한 듯, 허무하기도 한 고통처럼 읽혔다.

‡

또 다른 어느 저녁. 잔과 에르네스토가 속삭이는 소리가 들려온다. 그 소리는 그들의 잠자리인 열린 복도 쪽에서 흘러나오고 있다.

잔 우리는 신이 존재하지 않는다는 걸 알지 못해.

잔과 에르네스토의 목소리는 부드럽고 서로 닮아 있다.

에르네스토 응, 사람들은 그렇게 말하지만 사실은 몰라. 신이 어떻게 존재하지 않는지는 너조차도 알지 못해.

잔 오빠는 신이 존재할지도 모른다고 말하듯이, 신이 존재하지 않는다고 말하네.

침묵.

에르네스토 무슨 말을 하는 거야? 너는 신이 존재하는 것처럼 말하는구나.

잔   그래.

침묵.

에르네스토   아니야.

잔   오빠가 말했잖아. "신은 존재하지 않는다"라고. 언젠가 오빠가 "신은 존재한다"라고 말했던 것처럼.

침묵.

잔   만약 신이 존재하지 않는 게 가능하다면, 신이 존재하는 것도 가능해.

에르네스토   아니야.

잔   신이 존재하지 않는다면 어떻게 신이 존재할 수도 있어?

에르네스토   이 세상 어디서나 그렇고, 너와 내가 그런 것처럼 말이지. 이건 '그 이상이거나 그 이하이거나'에 대한 문제가 아니야. 아니면 '신이 존재할 수도 있는 것' 같은 문제라거나, '존재하지 않는 것'에 대한 문제도 아니고. 이건 아무도 그것이 무엇인지를 알지 못하는 문제야.

침묵.

잔   무슨 일이야, 오빠.

에르네스토   두려워. 두려움은 일정하지 않고 점점 커지지……. 미치게 만들고…….

잔　고통스럽게 하지…….

에르네스토　그건 아냐.

에르네스토는 누이동생의 얼굴에 두 손을 가만히 올려놓는다.

에르네스토　울지 마. 제발 울지 마.

잔　안 울어.

에르네스토는 잔의 얼굴에서 손을 뗀다. 그리고 두 손을 자신의 얼굴 위에 얹는다.

잔　우리는 더 이상 같이 죽지 않겠구나.

에르네스토　응, 그러지 않을 거야. 너도 알고 있었구나.

잔　응.

에르네스토　어떻게 알았니?

잔　왕의 이야기 때문에.

침묵. 잔과 에르네스토는 말이 없다. 집은 고요하다. 밤은 그곳에 다가와 있다, 아주 청명한 밤. 여름이다. 여름밤이 시작되는 중이다.

잔　오빠가 떠날 때, 내가 같이 떠날 수 없다면 나는 그럴 바엔 오빠가 차라리 죽기를 원해.

에르네스토　너와 내가 헤어진다는 건, 죽음을 의미하는 거야. 그건 똑같은 거야.

침묵.

잔   오빠는 나를 두고 떠날 거지⋯⋯. 말해봐.

에르네스토   그래, 너를 두고 떠날 거야.

침묵.

잔   오빠는 행복해지길 원하지 않는 거야.

에르네스토   원하지 않아. 그래. (그는 소리 지른다) 원하지 않아.

잔   우리는 똑같아, 오빠.

침묵.

잔   우리는 이미 죽은 걸까, 어쩌면?

에르네스토   어쩌면 그렇게 됐는지도. 그래.

침묵.

잔   노래 불러줘, 오빠.

에르네스토(노래 부르며)   오래전부터 나는 너를 사랑했네, 나는 결코 널 잊지 않으리.

잔   언제나 이 부분만 들으면 눈물이 나.

에르네스토는 더 이상 노래를 부르지 않는다. 그는 아주 낮은 소리로 '결코'라고 말한다.

잔   노래 부르지 말고 가사만 한 번 더 말해줘, 오빠.

에르네스토는 노래를 부르지 않고 가사를 들려준다.

오래전부터 나는 너를 사랑했네, 에르네스토가 말한다. 나는 결코 널 잊지 않으리.

잔   다시 한번, 오빠.

에르네스토가 다시 말한다. 잔은 단어 하나하나를 듣는다.

에르네스토   나뭇가지 가장 높은 곳에서 나이팅게일이 노래했네. 마음이 즐거우면 노래를 부르렴, 나이팅게일, 노래를 부르렴.

잔과 에르네스토는 눈물로 흐릿해진 시선으로 서로를 바라본다.

에르네스토가 잔의 얼굴을 붙잡고 자신의 얼굴 가까이에 가져다댄다. 그는 잔의 눈물과 숨결 속에서 노랫말을 말한다. 맑은 샘물가에서 나는 거닐었네, 물이 너무 맑아서 몸을 담갔네.

자신의 숨결에 섞인 잔의 숨결 속에서, 그들의 눈물 속에서 에르네스토는 말한다. 오래전부터 나는 너를 사랑했네, 에르네스토가 말한다.

천년.

왕이 거기 있었어, 잔이 묻는다.

그래. 왕이 있었지, 그는 아직 젊고 신념과 생기로 가득 차 있었어.

침묵.

천년, 오빠는 그렇게 말했지.

그래.

에르네스토는 입을 다문다.

에르네스토는 다시 노래를 부른다.

에르네스토는 노래를 멈춘다. 그들은 오랫동안 얼굴을 맞댄 채 있다, 미동도 없이.

우리는 죽었어, 에르네스토가 말한다.

잔은 대답하지 않는다, 에르네스토처럼 죽은 듯이.

노랫말을 한 번 더 들려줘, 잔이 말한다.

에르네스토   오래전부터 나는 너를 사랑했네, 나는 결코 널 잊지 않으리. 결코.

‡

기자가 갑자기 집 안에 들어온다. 집에는 어머니와 아버지가 있다. 기자는 에르네스토의 일 때문에 왔다고 말한다. 자신은 『피피』의 기자라고.

그가 곧 돌아올까요? 기자가 묻는다.

그럴 거예요,라고 아버지가 대답한다.

침묵.

기자는 아버지와 어머니를 바라본다.

기자 당신들은 부모님이시죠?

아버지 그렇습니다.

기자는 몸을 숙여 인사한다.

기자 반갑습니다……. 그런데 아드님이 어디에 있는지 아십니까?

아버지 여동생과 감자를 주우러 갔어요.

기자는 친절하게 미소를 짓는다. 그는 대화를 계속 이어나가기 위한 화제를 궁리한다.

기자(짓궂은 표정으로) 아, 감자를 주울 수도 있군요…….

어머니 ……아니죠…… 그렇지만 얼마 전에 밭을 쇠스랑으로 갈아놓았거든요. 그래서 감자들이 땅 위로 드러나 있어요.

아, 그렇군요, 이해했습니다,라고 기자가 말한다.

아버지와 어머니는 기자를 의심스러운 눈으로 쳐다보기 시작한다.

어머니 에르네스토를 아직 한 번도 본 적이 없으신가요?

기자 아직 한 번도요……. 그는 매우 큰가요?

어머니 매우 크죠.

기자 열두 살인가요?

어머니(손으로 그럭저럭이란 표현을 하면서) 내 생각에는 열두 살이거나…… 스물두 살, 스물세 살이에요. 에밀리오한테 물어보세요.

　기자　저를 놀리시는 건가요?

　아버지　내가 보기엔 열두 살, 스물일곱, 스물여덟 살이
죠……. 이해하시겠나요, 젊은 양반?

　어머니　그건 우리가 뭐라고 대답하기 어려운 질문이에요.

　아버지　맞는 말이에요. 우리는 알지 못해요.

아버지는 오늘 활력이 넘친다.

　아버지　그리고 우리 아이들의 나이는 남들이 이래라저래
라 해야 하는 것도 아니잖아요.

기자는 부모님의 억양을 닮아간다.

　기자　실례합니다.

　어머니　아니에요.

　기자　조금 더 알려주시면…… 제 일이 진척되는 데…… 도
움이 될 것 같은데요……. 폐가 되지 않는다면……. 무슨 일
을 하시는지 여쭤봐도 되겠습니까, 선생님?

　아버지　아무것도 안 해요, 기자 양반, 나는 불구자요.

　기자　그렇습니까……. 어떤 불구자이신지 여쭤봐도 될까
요, 선생님?

　아버지　무능력자라고 할 수 있죠. 사람들이 내게 말한 걸
그대로 옮긴다면요.

기자(가벼운 톤으로) ……틀림없이 뇌의 어느 한 영역이 제대로 기능하지 못하는 걸 거예요…….

어머니 저도 당신과 같은 생각이에요. 고장 난 거죠.

기자(어머니에게) 이런 이야기는 부인께 거북할 것 같군요.

어머니 아니에요, 아니라고 말해야겠어요, 아니에요, 아니에요…….(침묵) 그런데 당신은요?

기자 저는 괜찮아요, 부인. 고맙습니다.

모두 입을 다문다. 공백.

기자 소득원이 무엇인지 이야기해주실 수 있겠습니까?

어머니 우리에겐 연금이나 수당, 보조금 같은 것들이 있어요. 아시겠죠, 기자님, 대단할 것은 아무것도 없지만 그럭저럭 잘 살아가고 있죠.

침묵.

기자가 폭소를 터뜨린다.

기자 그러면 장려금은 어떤가요, 부인께서는 그것도 받고 계시나요?

어머니 확인해봐야 돼요, 이렇게 물어보시면 저는 바로 알 수가 없어요……. 그런데 뭘 장려한다는 건가요?

기자 저는 모르죠……. 출산이라거나……?

그들 셋은 웃는다.

기자 저는 댁의 따님을 알고 있어요, 아시나요…….

아버지와 어머니(함께) 아, 당신이군요…… 당신이에요……. 그 웃기다는 분이…….

기자 네.

그는 어머니를 주의 깊게 응시한다.

기자 따님도 부인처럼 아름다워지겠네요, 잔 말입니다……. 그 말로는 충분하지 않네요……. 그 아이가 아름답다는 말로는요.

아버지 게다가 세련되기도 하죠…….

기자(한숨 쉬며) 다른 이야기로 넘어가죠……. (잠시 멈춤) 아드님은 프랑스 전역으로부터 대단한 관심을 받는 사례입니다, 아시죠? 여기저기에서 그 일을 말하는 건 비트리의 한 교사예요. 그는 교육부에 당신 아들에 대한 보고서를 보내기까지 했다니까요. 그 애에 대한 이야기를 사방에, 사방에 퍼뜨리고 있는 것도 그 사람이에요……. 그 자는 그걸로 경력을 쌓고 있어요.

어머니 무슨 얘기요? 우리 아들한테는 아무것도 얘기할 게 없는데요.

기자 아드님이 한 말이 있잖아요, 부인. 그 유명한 말. 프랑스 전체는 그게 무슨 의미인지를 찾고 있어요. 그 미스터리를 풀기 위해 제가 여기에 와 있는 거고요, 부인.

어머니　나는 가끔 그 애 말을 이해할 때가 있어요. 그런데 조금 지나면 그뿐이죠. 갑자기 아무것도 이해하지 못하게 되니까요. 정말 아무것도요…….

아버지　그건 사실이에요, 이따금씩 이 사람은 그 아이가 하는 말을 이해한답니다.

어머니　때때로 그 말은 제게 매우 고차원적으로 느껴져요, 때로는 아무것도 아닌 것처럼 느껴지고요. 자, 이제 저는 해야 할 말을 다 했어요.

기자는 더 설명해주길 기다리지만 들을 수 없다.

기자는 갑자기 터질 듯한 만족감을 느낀다.

기자　한 가지 물어보고 싶은 게 있었는데요. 언제, 그러니까 당신은 언제 아들의 성격이 보통 아이들과 다르다는 걸 알게 되셨나요?

침묵.

부모님은 기자가 갑자기 만족해하는 것에 놀라워하며 서로를 쳐다본다.

어머니　생각을 좀 해봐야겠어요, 기자님…… 모르겠네요.

기자　뭔가 작은 일이라도 없었을까요, 부인…… 아주 작은 사건으로도 충분할 텐데, 사소한 일이라도…… 부모님께 강한 인상을 남긴 거라면…….

아버지 가위 이야기, 아마 그거면 되지 않을까…….

어머니 아, 그렇네……. 기다려보세요…….

어머니는 완전히 기억해낸다.

어머니 아, 그래요, 어느 날, 그 아이가 세 살이었을 때, 그 애가 오더니, 울면서, 소리를 지르더라고요. "가위를 못 찾겠어, 가위를 못 찾겠어……." 그래서 그 아이한테 네가 어디다 뒀는지를 잘 생각해보면 되잖니,라고 말했어요. 아이는 소리를 질렀어요. "난 생각할 수 없어, 생각할 수 없어." 그래서 제가 말했죠. "가관이구나, 대체 왜 생각할 수 없다는 거니?" 그러자 그 아이는 이렇게 대답했어요. "생각할 수 없어. 왜냐하면 생각하다 보면, 내가 가위를 창문 밖으로 던져버린 것 같단 말이야."

침묵. 공백.

기자 실례합니다, 부인. 그렇지만…… 당신이 아무리 대단히 현명하다 해도 어떻게 이 사건에서 아드님이 천재라는 걸 알아봤다는 거지요?

침묵.

어머니 됐어요, 전 이제 당신이 말하는 걸 하나도 이해할 수가 없네요. 결국엔 다 지루하군요.

기자의 한숨. 침묵. 숙고. 그러다 기자는 갑자기 다시 말을 잇는다. 그는 부모님의 억양을 점점 더 닮아간다.

기자 제 말은요, 부인, 이 이야기, 가위 이야기가 그거랑은 눈곱만큼도 상관이 없단 겁니다. 지식 전반에 대해 아드님이 의혹을 제기했던 거랑 말이에요.

아버지 나와 아내는 이해력이 달리는 게 아니에요. 말을 조심해요, 기자 양반.

기자 죄송합니다, 부인, 그리고 선생님. 제가 하려는 말은 부인께서 만약 그렇지 않으셨어도, 그러니까 현명하지 않으셨더라도 말이에요, 부인께서는 똑같이 감탄하셨을 거란 말이죠, 가위 이야기랑 비슷한 어떤 이야기에라도요, 아드님이 한 일이기만 하면요.

침묵, 이윽고 어머니가 말한다.

어머니 기자님, 그건 그런 식으로 생각해야 하는 게 아니에요. 전 당신이 무슨 이야기인지 이해하셨다고 생각했는데. 잘 들으세요. 에르네스토가 했던 그 말은, 아무도 알아들을 수 없어요, 아무도요. 나만 빼고요. 그건 내가, 그 말을 설명할 수 없기 때문이에요.

침묵. 공백. 기자는 다시금 낙담한다.

기자 사람들은 아드님에 대해 말하면서 숭숭 뚫린 구멍

이야기를 하더라고요⋯⋯. 이 세상은 구멍투성이이고, 지식은 꼭 배우지 않아도, 어떤 의미에서는 세상에 의해 퍼져나갈 거라고요⋯⋯. 학교는 우리가 전에 믿었던 것보다 훨씬 덜 중요하고요⋯⋯. 어떻게 생각하세요?

아버지 아무 의견도 없어요. 정말 지겹네요, 기자 양반, 당신의 말하는 방식 말이에요.

어머니 저도 아무 의견이 없어요⋯⋯. 이 대답으로 진정이 되신다면 말이죠, 기자님.

기자 그렇지만 에르네스토의 그 말은⋯⋯.

아버지(완고한 목소리로) 무슨 말 말입니까?

어머니(완고한 목소리로) 대체 무슨 말을 하는 거죠?

아버지 어쨌든, 기자 양반, 잘 들어봐요, 조난당한 사람들이 있어요⋯⋯. 그 사람들은 식량도 물도 없이 이제 6주째 버티고 있습니다⋯⋯. 바다 한가운데서요⋯⋯ 소금물을 마시면서⋯⋯. 천년 동안, 사람들은 불가능하다고 말하곤 했죠. 그런데 사람들은 시도를 했고, 그러면 그게 가능한 거예요⋯⋯. 우리 아들이 했던 말도 마찬가지예요. 어쩌면 어느 날, 그 말은 많은 의미를 띠게 될 거예요⋯⋯.

기자(넋이 나가서) 아, 계속 이런 소리네, 아니면 또 시작이라고 해야 할까?

어머니 뭐가요, 뭐가 또 시작이라는 거죠? 마음에 들지 않으면 집으로 돌아가시지 그래요…… 가서 잠이나 주무세요.

침묵. 또다시 공백.

그러다 어머니는 창문을 바라보고 에르네스토와 잔이 돌아온다고 말한다.

어머니 자, 우리의 사랑스러운 아이들이 돌아오고 있네요.

에르네스토와 잔이 부엌으로 들어온다.

에르네스토는 감자가 든 작은 자루를 메고 있다가 식탁 위에 내려놓는다. 잔은 빈손이다. 기자와 잔, 그들은 서로를 향해 미소 짓는다.

기자는 에르네스토의 큰 키를 보고 놀란다.

기자 그러니까, 분명 열두 살…….

어머니 그렇다니까요.

기자는 잔과 에르네스토에게 인사한다. 그는 이제 부모님과의 대화를 끝마치고 싶다.

기자 (에르네스토의 팔을 잡고 나지막이 말하며) 에르네스토 군, 당신과 단둘이 이야기를 좀 나눌 수 있을까요, 잠깐이면 충분해요.

에르네스토 전 부모님이 함께 계셨으면 좋겠는데요.

기자 원하시는 대로요. 그냥 한번 물어봤습니다…….

에르네스토 그 말 때문에 오신 거죠.

기자 네.

에르네스토는 미소 짓는다.

에르네스토 잘 들으세요, 그 말을 이해할 수 있는 사람이 있다면 그건 저희 부모님일 거예요. 부모님은 단 한마디 말도 할 수 없을 만큼 잘 이해하고 계시죠.

침묵.

기자 당신은요, 에르네스토 군?

에르네스토 예전에는 이해했던 것 같아요, 제가 그걸 말했을 때는요.

침묵.

에르네스토 이제는 더 이상 이해하지 못하고 있을 거예요.

침묵.

기자 그런 일들도 일어날 수 있죠.

에르네스토 그래요, 아시겠죠…….

침묵.

기자 네……. 공부는 어느 정도까지 진행되었나요, 에르네스토 군?

에르네스토 곧 끝날 거예요.

기자는 매우 감격한다.

기자(말을 더듬으며) 오, 실례합니다, 에르네스토 군……. 몰랐어요……. 언제쯤 끝날 것 같나요?

에르네스토 아마도 몇 주 뒤요.

침묵.

기자 모든 게 끝나나요?

에르네스토(미소 지으며) 네.

기자 그렇지만…… 당신은……. 에르네스토 군…… 당신은?

에르네스토 저는 아무것도 아니에요.

기자는 말하는 걸 멈춘다. 그는 에르네스토의 진실함에 숨이 막힐 지경이다. 이제 그는 부모님의 억양을 더 이상 따라하지 않는다.

기자 과학의 한계는 매일 점점 사라지고 있죠. 적어도 사람들은 그렇게 말하고 있어요……

에르네스토 아니에요. 그건 고정되어 있어요.

기자 그러니까 에르네스토 군, 당신이 하고 싶은 말은…… 인간이 신을 찾는 한 과학의 한계는 고정되어 있을 거란 건가요?

에르네스토 네.

기자 그러니까 신은 인류의 커다란 문젯거리군요?

에르네스토 그래요. 인류의 유일한 생각은, 신에 대한 생각이고, 그것에 대해 여기서 생각하지 않게 되는 거죠.

기자 인류의 가장 큰 문젯거리는 더 이상 인류를 어떻게 보존하는가 하는 게 아닌 건가요?

에르네스토 아니에요, 그건 한번도 문제가 된 적이 없어요. 사람들은 오랫동안 그게 문제인 줄로 믿고 있었지만, 그랬던 적이 결코 없어요.

침묵.

기자 좀 더 말해봐요, 에르네스토 군.

에르네스토 뭐에 대해서요?

기자 뭐든 원하는 대로요, 에르네스토 군.

침묵. 이윽고 에르네스토가 말한다.

에르네스토 우리는 이탈리아 출신이에요.

정지. 침묵.

기자 다른 아이들은 공부를 하지 않나요?

에르네스토 안 해요. 아무도.

기자 아무도……. 실례합니다, 에르네스토 군, 그렇지만 어떻게 된 일이죠……?

에르네스토 그건 설명하기 아주…… 아주…… 어려운 일이에요. 죄송합니다……. 제가 말할 수 있는 건, 우리는 단지 아이들이란 것뿐이에요, 아시겠나요?

기자는 갑자기 에르네스토의 말을 이해하기 시작한다.

기자 뭔가를 이해할 것 같군요……. 제가 제대로 이해한 게 맞다면 그건 자연스러운 일이겠군요…….

에르네스토 네, 그래요. 어머니 집안에는 아이들이 11명이 있었대요. 아버지 집안에는 9명이었고요. 우리는 7명이에요. 핵심만 말씀드린 거예요.

기자 그리고 그 모든 게 다 이미 아무 의미가 없었단 말이지요…….

에르네스토 확실히 아무런 소용이 없었어요……. 여느 때보다 훨씬 더 소용이 없었지요.

기자 원한다면 그렇게 말할 수도 있겠네요, 여느 때보다 훨씬 더 소용이 없었다고…….

에르네스토 그래요.

침묵.

기자는 에르네스토와 대화를 이어가려고 노력한다.

기자 출산율이 높죠…… 이탈리아는…….

어머니 아주 높죠.

기자 이탈리아 어디에서 오셨나요?

아버지 포 계곡에서요.

기자, 소리 지르며 멋진 곳…….

아버지 그래요. 우리는 포 계곡에서 왔어요. 그리고 이미 선조들은 나폴레옹 시절부터 포도를 수확하러 프랑스에 왔죠.

에르네스토는 다시 자신만의 세계로 들어가 버린다.

‡

교사가 도착한다. 그는 에르네스토 쪽으로 가지 않는다. 그는 기자에게로 다가간다. 그들은 입을 다물고 있다.

긴 침묵이 흐르는 동안, 어머니는 「라 네바」를, 아주 낮게, 가사도 없이 부르기 시작한다. 혼자 있거나, 이따금씩 에밀리오와 함께 설명되지 않는 행복에 빠져 있을 때처럼, 길고 긴 여름밤이 막 돌아왔을 때 불렀던 것처럼.

어린 동생들은 어머니의 노랫말 없는 「라 네바」를 듣자마자 즉시 집으로 돌아왔다. 그들은 언제든지, 어머니가 큰소리로 노래를 부르지 않을 때조차도 언제나 어머니의 「라 네바」를 들을 수 있었다.
먼저 그들은 현관의 낮은 층계 위에 거리를 두고 서 있었고, 그다음엔 아무 소리도 내지 않고 부엌 안으로 들어갔다. 가장 어린 두 동생들은 어머니의 발치에 자리를 잡았고, 큰 동생들은 교사와 기자 가까이에 있는 긴 의자에 자리를 잡았다. 어머니가 「라 네바」—그녀가 젊었을 때 강가에서 불렀던 그 러시아 곡조—를 부를 때면 아이들은 언제나 그 노래를 듣기 위해 집으로 돌아오곤 했다. 아이들은 어머니가 도랑에서 구를 정도로 만취해 있을지라도, 그때만큼은 자신들을 밖으로 내쫓지 않으리라는 것을 알고 있었다.

그날 저녁, 아이들은 평소와 마찬가지로 어머니가 왜 노래를 부르는지 알지 못했다. 그들은 무슨 일인가 벌어지고 있다는 것, 일종의 축제 같은 일이 벌어지고 있다는 것을 느꼈지만 무엇 때문에 일어나는 일인지는 알지 못했다.

그날 저녁, 갑자기, 어머니는 자신도 모르는 사이 「라 네바」의 노랫말을 완전히 떠올렸다. 노랫말은 처음에는 노래 속에 드문드문 흩어진 채였지만, 나중에는 훨씬 더 매끄럽게 흘러나왔고, 결국에는 문장 전체가 이어졌다. 그날 저녁 어머니는 마치 노래에 취한 것 같았다. 어머니가 되찾은 노랫말은 러시아어가 아니었고, 전쟁이라든지, 시체 안치소, 시체들이 산처럼 쌓이기 전의 부드러움이 담긴 유대인의 말과 코카서스 지방의 말이 뒤섞인 것이었다.

에르네스토가 이스라엘 왕에 대해 이야기하기 시작한 것은
어머니가 더 나지막이 노래를 부를 때였다.

우리는 영웅이니라, 왕이 말하곤 했도다.
모든 사람은 영웅이니라.

그가 바로 다윗의 아들이며, 이스라엘의 왕이라고 에르네
스토는 말한다. 바람의 흐름을 좇던 왕, 헛되고 헛됨을 깨우
쳤던 왕.
에르네스토는 주저하다가 말한다. 우리의 왕,이라고.

에르네스토가 잔의 머리를 양팔로 감싸 안는다. 잔은 눈을
감는다.

긴 한순간 동안, 어머니가 다시 낮은 목소리로 이번에는 노
랫말 없이 노래를 부르는 동안, 에르네스토는 잔을 응시한 채
입을 다물고 있다.

왕은 학문 속에서 삶의 결함을 발견할 수 있으리라고 믿어

왔노라,라고 에르네스토가 말한다.

숨 막히는 고통으로부터 벗어날 수 있는 출구,

바깥.

그렇지만 아니었도다.

어머니의 노래는 느닷없이 아주 커진다.

에르네스토는 잔 곁에 눕는다.

잔과 에르네스토는 어머니를 바라보며 아주 커다란 행복
속에서 노랫소리를 듣는다.

이윽고 노랫소리는 잦아들고 에르네스토는 이스라엘 왕에
대해서 이야기한다.

나, 다윗의 아들, 이스라엘의 왕, 나는 희망을 잃었노라,라
고 에르네스토는 말한다. 나는 내가 소망해왔던 모든 것을 애
석해했노라. 악. 의심. 불확실성, 그보다 앞선 확실성도.

흑사병. 나는 흑사병을 애석해했노라.

신에 대한 부질없는 추구를.

굶주림. 빈곤과 굶주림을.

전쟁. 나는 전쟁을 애석해했노라.

삶의 예식을.

모든 실수를.

나는 거짓과 악, 의심을 애석해했노라.

시와 노래들을.

침묵을 나는 애석해하노라.

그리고 또한 색욕을. 그리고 죄악을.

에르네스토는 멈춘다. 어머니의 노랫소리가 다시 시작된다. 에르네스토는 다시 듣는다. 그러나 그는 이스라엘 왕들의 시대를 회상하기 시작한다. 아주 낮은 목소리로 그는 잔에게 말한다.

사유를 그는 애석해했노라,라고 에르네스토는 말한다. 그리고 그토록 헛되고 그토록 부질없는 탐구조차도.

바람을.

에르네스토는 천천히, 그리고 힘들게 말하고 있다. 그는 이미 잔과 어머니만이 알고 있는 상태에 다다른 것처럼 보인다. 그토록 행복에 가까워 두렵게까지 느껴지는 그 기분 좋은 반수(半睡) 상태.

밤을 그는 애석해했노라, 에르네스토는 계속 말한다.

죽음을.

개들을.

어머니는 잔과 그를 바라본다. 어머니의 몸으로부터 「라 네바」는 계속 흘러나온다. 가냘프지만 강하고 아주 부드럽게.

어머니의 눈에 비친 잔과 에르네스토의 삶은 무서우리만큼 참담해진다.

유년 시절을, 에르네스토는 말한다, 그는 몹시, 몹시 애석해했노라.

에르네스토는 웃으며 동생들에게 입 맞추기 시작한다.

또다시 「라 네바」.

점점 깊어지는 어둠의 빛이 집 안으로 몰려든다. 밤이 온다.

사랑을, 에르네스토는 말한다, 그는 애석해했노라.

사랑을, 에르네스토는 되풀이한다, 그는 삶 이상으로, 자신의 활력 그 이상으로 애석해했노라.

그녀에 대한 사랑을.

침묵. 잔과 에르네스토는 눈을 감았다.

폭풍우 치는 하늘을, 에르네스토는 말한다, 그는 애석해했
노라.
여름의 비를.
유년 시절을.

「라 네바」는 계속해서 흐른다. 낮고 느리게, 눈물을 머금은
듯이.

생의 끝까지, 에르네스토는 말한다, 그녀에 대한 사랑을.

에르네스토는 눈을 감는다. 어머니의 노래가 점점 커진다.
에르네스토는 입을 다문다. 그는 「라 네바」 노랫소리에 자
리를 내어준다.

모욕하고 죽였어야만 했다는 것을 알면서 누구를 모욕할
지, 누구를 죽일지 몰랐던 것을,이라고 에르네스토는 말한다.

그러던 어느 날, 에르네스토는 말한다, 왕에게는 돌멩이의 삶을 살고 싶다는 강렬한 욕망이 찾아왔노라.

죽음과 같은, 돌과 같은 삶.

침묵.

마지막으로, 에르네스토는 마침내 말한다, 그는 애석하지 않았노라.

더 이상 그는 아무것도 애석하지 않았노라.

에르네스토는 입을 다문다.

잔은 에르네스토 곁으로 다가와 그를 감싸 안고, 그의 눈과 입에 입을 맞춘 후 그의 몸을 벽에 기대어 세우고는, 그의 몸에 자신의 몸을 포갠다.

비트리에 첫 여름비가 내린 것은 바로 그날 저녁, 어머니가 눈물을 머금은 「라 네바」를 오래도록 부르는 동안이었다. 비는 시내 전역에, 강과 파괴된 고속도로에, 나무, 오솔길, 아이들이 지나던 비탈길에, 세상의 끝까지 떠돌아다닐 창고 옆의 서글픈 의자들 위에도 오열하는 파도처럼 세차게, 격정적으로 쏟아져 내렸다.

‡

몇몇 사람들의 말에 따르면, 에르네스토는 죽지 않았다고
한다. 그는 젊고 뛰어난 수학 교수가 되었다가, 학자가 되었을
것이다. 그는 미국에 임명되었다가, 그 후엔 어디든 중요한 과
학 연구소들이 설립되는 세계 도처에 임명되었을 것이다.

그러므로 겉보기엔 평온해 보이는 이런 선택과 초연한 듯
이 해내가는 연구로 인해, 그에게는 삶이 마침내 좀 더 견딜
만한 것이 된 듯 보일 것이다.

잔 역시 그곳을 영원히, 에르네스토가 떠나기로 결정한 그해
에 떠났을 것이다. 그녀가 떠난 것은 유년 시절을 마감하면서
죽음을 통해 함께 이루자고 약속했던 그 무엇과 같은 의미를
지닌 것이라고 추측할 수 있으리라. 그리고 그들이 결코 프랑
스의 그곳, 그들이 태어났던 그 외곽의 황량한 고향으로 되돌
아오지 않았던 이유 또한 그 약속 때문이었으리라.

아버지와 어머니는 에르네스토가 떠난 이후 자신들을 죽

음에 이르도록 내버려두었을 것이다. 교사는 동생들이 프랑스 남부의 고아원에 맡겨진 이후에 비트리 쉬르 센을 떠났을 것이다.

공식적인 소식통에 의하면, 그는 아이들이 있는 기숙학교로 전직을 신청했다고 한다. 그리고 비트리를 떠나기 전에, 소법원에 그들의 보호자가 될 수 있게 해달라는 요청을 했다고. 법원은 그렇게 하도록 판결을 내려주었다.

작가의 말

1984년 나는 자크 랑 문화부 장관의 개인적인 후원 덕택에 「아이들 *Les Enfants*」이란 제목의 영화를 만들었다.

「아이들」은 장 마스콜로, 장-마르크-튀린느와 공동으로 제작한 영화였다. 연기자들 역시 그들과 함께 선정했다. 타티아나 무킨, 다니엘 젤랭, 마르틴 슈발리에, 악셀 보구슬라브스키, 피에르 아르디티, 앙드레 뒤솔리에 등이 그들이었다. 그리고 촬영은 브뤼노 뉘탱과 그의 팀이 맡았다.

몇 년 동안, 그 영화는 나에게 이야기를 전달할 수 있는 유일한 수단으로 남아 있었다. 그러나 나는 자주 그 사람들을, 내가 떠나버렸던 그 인물들을 생각하곤 했다. 그러던 어느 날 나는 비트리의 여러 촬영 장소에 기초해서 그들에 대한 글을 쓰기 시작했다. 몇 달 동안 이 책의 제목은 '천둥치는 하늘, 여름비 *Les ciels d'orage, la pluie d'été*'였다. 나는 마지막 부분, '여름비'만을 간직했다.

이 책을 쓰면서 나는 비트리를 열다섯 번 정도 방문했다. 그리고 거의 매번, 그곳에서 길을 잃곤 했다. 내가 사랑하기 시작한 비트리는 아주 끔찍하고, 쉽게 볼 수 없으며, 정의 내리기 어려운, 외곽의 도시였다. 비트리는 어쩌면 사람들이 상상할 수 있는 가장 문학적이지 않고, 가장 막연한 곳이기도 했다. 그래서 나는 그곳을 지어냈다. 그러나 음악가들의 이름, 그들의 이름을 딴 거리명들은 그대로 간직했다. 그리고 수백만 명의 주민들이 살고 있는 외곽 도시의 사방으로 뻗어나가는 규모 또한 원래대로 두었는데, 영화 작업을 할 때는 간직할 수 없었던 것이었다. 또한 아버지와 어머니의 오두막 같은 그 집도 그대로 남겨두었다. 그 집은 불타버렸다. 비트리 시청은 그것이 사고였다고 매우 심각하게 이야기했다. 잊은 것이 하나 있다. 나는 센강도 간직해놓았다. 책 속에서 센강은 언제나 한결같이, 언제나 근사하게, 오늘날 헐벗은 부둣가를 따라 그렇게 존재한다. 가시덤불은 불타버렸다. 센강과 나란한 도로는, 3차선인데, 완벽하게 남아 있다. 이방 인들은 모두 떠났다. 공장들이 있던 자리는 웅장한 건물들이 들어섰다. 파리에 있기엔 너무 큰 르 몽드 신문사 인쇄소 건물처럼. 인쇄소는 건축가 보필이 세르주 퐁투아즈*에 지은 거대한 건축물보다도 크다. 인적이 끊긴 부둣가는 밤이면 무서움을 자아낸다. 잊은 것이 하나 더 있다. 그 나무는 그곳에 있다. 이제 정원의 울타리는 높은 시멘트 벽으로 바뀌어 나무 전체의 모습은 더 이상 볼 수 없게 되었다. 나는 안다, 비트리에 찾아가 정원의 그 울타리를 시멘트 벽으로 둘러치지 못하도록 해야만 했었다는 것을. 그러나 나에게 그 사실을 미리 알려주지 않았으니, 내가 무엇을 할 수 있었겠는가……. 사람들은 잎이 무성하게 드리워진 나무의 우듬지밖에 볼 수 없을 것이고, 이런 식으로는 어느 누구도

---

* 파리에서 북서쪽으로 28.4km 정도 떨어진 도시.

이제 더 이상 나무를 바라보지 않을 것이다. 그 나무는 잘 가꾸어지고 가지 또한 다듬어져, 더욱 크고 강한 모습이 되었는지도 모른다. 나무는 꼭 이스라엘의 왕을 닮았다.

잊은 것이 또 하나 있다. 아이들의 이름, 그 이름들은 내가 지어낸 것이 아니다. 책 속을 관통하는 사랑 이야기 또한 마찬가지다.

또 잊은 것이 있다. 항구는 정말로 포르트-아-랑글레로 불린다는 것. 7번 국도는 그대로 7번 국도라는 것. 학교 이름은 정말로 블레즈 파스칼 학교라는 것.

불탄 책, 그것은 내가 지어낸 것이다.

—M.D.

옮긴이의 말

여름비,

쓸쓸하고도 찬란한 유년의 우화

마르그리트 뒤라스는 아주 오랫동안 내가 사랑하는 프랑스 작가를 꼽을 때면 가장 먼저 떠올리는 이름 중 하나였다. 많은 사람이 그러하듯 나 역시 뒤라스를 처음 알게 된 것은 『연인 *L'amant*』을 통해서였는데, 나는 그 이후 『태평양을 막는 방파제 *Un Barrage Contre le Pacifique*』와 『북중국의 연인 *L'amant de la Chine du Nord*』『모데라토 칸타빌레 *Moderato Cantabile*』 같은 소설들을 읽으며 20대의 여러 계절을 통과해왔다. 어디에도 속하지 못하는 이방인들, 고립된 가족, 불가능하기 때문에 아름다운 사랑, 고통 속에서만 존재하는 기이한 환희. 이상한 열정과 영문 모를 우울의 격차로 인해 시도 때도 없이 괴롭던 그 시절 나를 매혹하던 뒤라스 소설의 특징은 그런 것들이었다. 소설이 있는 한 고통으로도 아름다움을 만들 수 있다고 나의 귓가에 끊임없이 속삭여주는 듯하던 뒤라스의 소설들. 그리고 뒤라스 소설의 이런 특징들은 『여름비』에서도 어김없이 발견된다.

고백하자면 처음 『여름비』를 읽기 시작했을 때, 나는 여러 번 당혹감을 느꼈다. 물론 나는 비교적 전통적인 방식으로 쓰인 뒤라스의 초기 작품들을 제외하면 뒤라스의 소설들이 대체로 심리 묘사를 배제한 채, 암시와 반복, 맥락 없는 대화들로 모호하고 감각적 분위기를 자아낸다는 사실을 알고 있었다. 하지만 『여름비』의 중간중간에 삽입되어 있는 희곡 같은 대사들은 나의 독서를 중단시켰는데, 소설 안에 희곡을 삽입한 듯한 형식적인 낯섦 탓도 있었지만, 무엇보다 희곡처럼 쓰인 부분과 그 외의 부분 간의 톤이 너무 다르게 읽혀, 내가 오독하고 있는 건 아닌가 하는 의문에 멈칫하게 되었던 것이다.

　물론 『여름비』를 읽어나가며 내가 당혹스러움을 느꼈던 건 소설의 형식 때문만은 아니었다. 아닌 게 아니라, 『여름비』는 이상한 일로 가득한 소설이다. 글을 읽고 쓰는 법을 배운 적 없는데 스스로 글을 깨우칠 뿐 아니라, 학교에 가지 않고도 몇 개월 만에 독일 철학까지 섭렵하는 에르네스토라는 천재 소년의 존재는 얼마나 기이한가. 아이들을 방치해둔 채 매일같이 감자만 깎는 어머니와 그런 어머니를 너무도 사랑하여 감시만 하는 무직의 아버지는? 어머니와 아버지가 자신들을 버릴지도 모른다는 두려움에 사로잡혀 시도 때도 없이 울부짖는 동생들은? 남매이면서도 서로에 대해 죽음보다 강렬한 욕망을 느끼는 에르네스토와 잔은?

정말 이상한 소설이야, 나는 그렇게 생각하면서 책을 천천히 읽어나갔다. 소설을 읽는 것이 아니라 시를 읽을 때처럼, 중간중간에 책을 덮어두었다가 다시 펼쳐들기를 반복하면서. 이해할 수 있는 것은 이해하고, 이해할 수 없는 것은 그대로 내버려두었다. 그리고 마침내 이 책을 다 읽었을 때, 나는 이 소설이 한 편의 우화라는 것을, 삶과 죽음, 사랑과 절망, 그리고 무엇보다 유년 시절에 대한 쓸쓸하고도 찬란한 우화라는 것을 알았다.

1989년, 뒤라스가 4개월간의 혼수상태에서 깨어난 이후 완성해 출간한 『여름비』는 뒤라스가 1971년에 출간했던 동화 『아! 에르네스토 *Ah Ernesto!*』와 이 동화를 바탕으로 그 자신이 제작한 영화 「아이들 *Les enfants*」(1984)을 다시 확장해 쓴 소설이다. 소설 속에 등장하는 희곡 지문 같은 대목들은 영화 「아이들」의 시나리오 상에 존재했던 실제 대사들로, 뒤라스가 시나리오의 일부를 거의 수정하지 않은 채 소설 안에 삽입해놓은 것이라고 한다. 소설을 다 읽고 나서 나는 「아이들」을 찾아보았는데, 영화의 첫 장면은 감자들만 쌓여 있는 허름한 부엌에서 시작했다. 단조롭고 나른한 목소리들. 희미한 빛. 여름이라, 영화 속 부엌 너머의 창밖으로는 푸른 잎이 무성했다. 배경음악처럼 새들은 끊임없이 노래했다. 영화는 그 자체로 매력이 있었지만 나는 끝까지 다 보지는 않았다. 소설의 문장과 여백 사이에서 내가 발견해낸 아름다움이 훼손될까 봐 두려웠던 것이다.

『여름비』가 아름다운 건 그것이 필연적으로 망가질 수밖에 없는 한순간에 대한 찬가이기 때문은 아닐까 나는 생각한다. 현대화와 성장의 이름으로 파괴되기 직전의, 버림받은 비트리 쉬르센은 뒤라스의 손끝에서 더할 나위 없이 완벽한 소설적 공간으로 재탄생한다.

어머니는 교사의 의견에 동의했고 마침 잘되었다고, 동생들이 에르네스토의 부재에 익숙해져야 하며, 언젠가는 그들이 에르네스토 없이 지내야 할 것이고 게다가 언젠가는 모두 서로와, 영원히 헤어질 것이라고 말했다. 처음엔, 그들 사이에 머지않아 이별이 하나씩 생겨날 거라고. 그다음엔, 남아 있는 이들이 자기 차례가 되면 사라져갈 것이라고. 그것이 바로 인생이란다.(18면)

쓸모없어진 도시는 재개발되고, 사랑했던 사람들은 각자의 삶을 찾아 뿔뿔이 흩어지는 것이 자연스러운 성장의 과정이며 인생이라 한다면, 『여름비』는 파괴와 결별이 일어나기 전, 아직 모든 것이 완벽했던 유년 시절의 한때를 그리는 소설이다. 서로가 서로에게서 분리되지 않고, 금기를 알지 못하며, 오로지 욕망과 무용(無用)으로만 존재를 증명하는 신성하고 천진한 시절을.

그런데 센강이 흐르는 파리 외곽의 황량한 도시 비트리에 사는 이 이방인 가족이 메콩강이 흐르는 프랑스령 인도차이나에서 식민 지배자인 백인으로 태어났으나, 가난 때문에 원주민과 지배계급 사이에 이중의 소외감을 느끼며 유년 시절을 보낸 뒤 라스의 가족을 떠올리게 하는 것은 우연일까?

나는 독자들이 각자의 방식으로 『여름비』를 읽고 사랑에 빠지길 원하고, 그러므로 「옮긴이의 말」을 통해 작품에 대한 해설이나 분석을 할 생각은 없지만, 그래도 몇 가지 점들은 간략히

언급하고 싶다. 하나는, 이 소설에 등장하는 유대인에 대한 암시에 관한 것이다. 뒤라스는 천재 소년 에르네스토에게 삶의 비밀을 깨닫게 해준 불탄 책이 유대인 왕에 대한 이야기를 다루고 있다는 것을 명시하고 있고, 그 밖에도 유대인이나 유대인 학살을 암시하는 단어들을 소설 여기저기에 흩어놓았다. 사실 이 작품뿐 아니라 뒤라스의 후기 소설들에는 유대인이 자주 등장하는데, 이는 물론 뒤라스가 2차세계대전 시기와 유대인 집단 학살을 목도하며 삶을 산 작가라는 것을 감안하면 이상한 일이 아니다(그의 첫 남편 로베르 앙텔름은 1943년 레지스탕스 활동을 하다가 집단 수용소로 잡혀 가기도 했다). 유대인 집단 학살의 문제는 당시 많은 동시대 작가에게 죄의식과 수치감을 준 사건이었을 테니까. 하지만 이 글에 언급해두고 싶은 점은 민족이 흩어진 채 영원히 방랑할 수밖에 없는 유대인은 뒤라스의 소설 속에서 종종 이방인의 상징처럼 읽히기도 한다는 것이다.

이윽고 에르네스토는 동생들에게 잊지 말라고 당부한다. 비트리에 있는, 이스라엘의 마지막 왕은 그들의 부모님이라는 것을.(71면)

이탈리아 출신 노동자였던 아버지와 코카서스 인근 출신으로 추정되는 어머니가 이스라엘의 마지막 왕이라는 것을 잊지 말라는 에르네스토의 당부는 이러한 맥락에서 이해될 수 있을 것이다.

가난한 이방인인 에르네스토 가족에게는 자신들의 뿌리를 포함하여 많은 것이 결핍되어 있지만 그중 가장 흥미로운 것은 이름의 결핍이다. 소설 속 주요 인물들은 마치 고유한 이름을 상실한 사람들처럼 여러 이름으로 불리는데, '에밀리오'에서 '엔리코'로, '나타샤'에서 '지네타' '앙카 리숍스카야' '에밀리아'로, '에르네스토'에서 '에르네스티노' '블라디미르'로, '잔'에서 '조반나'로 미끄러지는 이름들은 이 인물들에게 단일하고 고정된 정체성을 지니는 건 무의미하다는 걸 암시하는 것 같다. 이름으로 상징되는 단단한 '나'의 외벽을 지니지 않는 인물들. 사랑하는 일이 나의 외벽을 부수고, 빈자리에 타인을 받아들이는 행위라면, 뒤라스의 이방인들이 끊임없이 사랑하고 타인과의 결합을 꿈꾸는 건 당연한 일인지도 모르겠다.

끝으로 이 글을 마치며 언급하고 싶은 것은 이 소설에 등장하는 노래에 관한 이야기다. 이 소설뿐 아니라 다른 소설들에서도 뒤라스의 인물들이 악기를 연주하거나 노래를 부르는 일은 잦은데, 이는 뒤라스가 음악을 언어나 관습적 사고로는 표현할 수 없는 영역을 드러낼 수 있는 수단으로 보았기 때문일 것이다. 지식의 끝에 다다른 에르네스토에게 남은 것이 무엇이냐고 교사가 물었을 때 에르네스토가 '음악'이지 않겠느냐고 답하는 『여름비』

의 한 대목은 뒤라스에게 음악이 얼마나 중요한 것인지 짐작하
게 한다.

교사 아니, 나는 모르겠네. 아무것도 모르겠어……. 자네 생각에 이
제 자네에겐 무엇이 남았나, 에르네스토 군…….

에르네스토 갑자기 물으시니까, 설명할 수가 없네요……. 음악일까
요…… 예를 들자면…….(149면)

음악은 뒤라스의 문학작품 속에서 단순히 소재로써만 등장
하는 것이 아니라, 그의 글쓰기 전반에 흐르는 특징이기도 하다.
호흡과 리듬으로 분절되는 뒤라스의 문장들은 그 자체가 음악
을 이루기 때문이다. 그러므로 뒤라스의 소설을 읽는 것은 사랑
에 관한 음악을 듣는 일이다. 한여름의 폭우가 유리창 두드리는
소리를 듣는 일. 겨울의 대륙을 횡단하는 시베리아 열차에서 몸

을 포갠 낯선 연인들의 숨소리를 듣는 일. 그런 까닭에 뒤라스의 문장들을 읽는 일은 커다란 기쁨이었지만 번역하는 일은 쉽지 않아 나는 종종 번역을 하다 멈추고 창밖을 내다보며 탄식하곤 했다. 아, 이토록 아름다운 문장을 어떻게 다른 언어로 번역한단 말인가. 최대한 뒤라스의 호흡을 유지하려고 노력했지만, 프랑스어와 한국어 사이의 커다란 간극을 생각하면 때로는 슬프고도 부드럽고, 황량하다가 따스하기도 한 뒤라스의 문장들이 내가 번역한 문장들과 얼마나 닮아 있을까 걱정이 앞서기도 한다.

한 가지, 나의 번역에서 의도적인 오역이 있으므로 그 부분을 밝히는 것으로 이 글을 마무리하고 싶다. 소설에 삽입된 영화 시나리오 부분에서 어머니와 아버지의 말투는 교육을 받지 못한 가난한 계층 출신임이 느껴지도록 발음을 뭉개는 방식으로 쓰여 있다. 원문의 느낌을 살려 번역하려고 시도해보았으나, 그렇게 하니 한국어로는 내가 뒤라스의 소설을 다 읽은 후 느꼈던 섬

세한 아름다움이 손상되는 느낌이 들어 결국 지금 같은 방식으로 번역을 할 수밖에 없었다. 번역물이란 결국 한 독자가 해석한 결과물의 한 가지 형태일 수밖에 없다는 말을 변명처럼 남긴다. 그럼에도 불구하고 독자인 당신 역시 침묵함으로써 말해지고, 부재함으로써 존재하는 뒤라스의 글쓰기에 나처럼 매혹되기를 바란다는 말도.

여름비가 쏟아지는 새벽,
백수린

여름비

La pluie d'été

초판 1쇄 발행 2020년 8월 25일 | 초판 2쇄 발행 2020년 10월 15일

지은이	펴낸곳
마르그리트 뒤라스	(주)미디어창비
옮긴이	등록
백수린	2009년 5월 14일
펴낸이	주소
강일우	04004 서울 마포구 월드컵로12길 7
본부장	전화
윤동희	02-6949-0966
책임편집	팩시밀리
김수현	0505-995-4000
디자인	홈페이지
장미혜	books.mediachangbi.com
한국어판 © (주)미디어창비 2020	전자우편
	mcb@changbi.com
ISBN	
979-11-90758-15-4 03860